难忘

长篇纪实文学

与你们同行

中国作家协会
定点深入生活项目

毛芦芦 ◎ 著

ZHEJIANG UNIVERSITY PRESS
浙江大学出版社

序

孙云晓

浙江大学出版社的平静女士来信,约我为儿童文学作家毛芦芦的长篇报告文学《难忘与你们同行》写序。其实,我与作者并不熟悉,但因为平静女士说该书所写的某中学二十三年坚持二十三次拉练,起因于我的报告文学《夏令营中的较量》,我就无法推辞了。同时,这件事也极强烈地激起了我的好奇心,是什么力量使一所普通中学坚持拉练二十三年之久?学生们对于年复一年长途跋涉的拉练有何评价?二十三年的坚守对于一代人的成长到底起了什么作用?于是,我放下自己的作品修订工作,要来《难忘与你们同行》书稿细细阅读。

创造奇迹的是浙江省衢州市柯城区石梁镇中学(简称石中)。为什么长年坚持组织拉练?该校的苏玉泉校长在二〇一六年拉练出发前的慷慨陈词中做了说明,即一九九四年,他从报纸上看到了《夏令营中的较量》——我们中国孩子在夏令营中的表现处处不如日本孩子,这向我们中国人敲响了警钟。此事对他震动极大。所以,他决定把自己学校的孩子拉出去跟日本孩子来个无形的较量。于是,在一九九四年的十二月二十八日,他带领石中的全体师生,踏上了八十里的徒步拉练之路。而这就是为了证明咱们中国的中学生是能吃苦、有毅力的好少年!

我自一九七二年起就开始做儿童教育工作,直至今日依然在从事教育研究和文学创作,甚至做过"向孩子学习"的课题研究,并且有专著《向孩子学习:一种睿智的教育视角》出版。我写《夏令营中的较量》,的确是重点写了中国孩子的一些弱点,但我并非认为中国孩子不行,而是以典型细节挖掘中国孩子弱点背后的教育隐患,强烈呼吁应试教育必须改变。《夏令营中的较量》于一九九三年十一月被发行量巨大的《读者》转载,引起社会各界广泛关注,此事受到主管教育的国务院领导重视,随即教育部(时为国家教委)通过《中国教育报》发动教育系统开展大讨论。党和国家最高领导人也特别关注此文,积极倡导少年儿童"自学、自理、自护、自强、自律",即"五自精神"。我没有想到,一篇仅有三千字的报告文学,居然会引发如此广泛而持久的教育大讨论,更没有想到,会有如此之多的人士因此投身于改变中国教育的事业。当然,《夏令营中的较量》也引发了争议,有些人对我谩骂,有些人怀疑此文的真实性。一九九四年三月十日,教育部办公厅印发的第一期《教育情况》中认为:"有关部门经过调查,认为《夏令营中的较量》一文所反映的事实基本上是真实的、准确的,从这些事实中反映的青少年教育中的问题是大量而普遍存在的。由此引发的讨论是很有意义的,今后还要把这场讨论进行下去。"如果看一下今天的现实状况,或者看看二〇一六年第二十期和第二十一期《家庭》杂志,看一看特别报道《夏令营中日学生再"较量"》及其续篇《最好的素质教育始于家庭》,就会相信这场讨论在今天依然具有很高的价值。

我之所以回顾历史，是为了说明无数读者朋友关注的《夏令营中的较量》并非凭空杜撰，石中的选择依据是真实可靠的，而该校的典型案例进一步证明，实践是检验真理的唯一标准，而长期的实践更可以显示出教育的成败得失。

据说，在当地有人称苏玉泉校长为"疯子"。我特别理解这一现象，因为尽管在大讨论期间，许多学校和教育机构组织野营拉练，有的甚至组织北京孩子到零下四十摄氏度的漠河探险，但随着应试教育越来越紧张，随着人们对孩子们的安全问题越来越担心，此类有危险的活动在许多地方都渐渐地偃旗息鼓了。可是，过了知天命年龄的苏玉泉校长却年复一年地坚持，倾吐肺腑之言来动员孩子们，并且总是亲自担任拉练队伍的排头兵！我写《夏令营中的较量》并非完美无缺，其中关于营员行走的里程和负重的重量的表述有些错误，对此我在一九九四年三月十六日发表在《中国教育报》的长文《并非杜撰也并非神话——〈夏令营中的较量〉作者证言》中做过更正。令我感慨的是，石中的拉练距离第一次是八十里，最短的一次也是五十八里，远远超过一九九二年中日草原探险夏令营的三十八至四十二里。也就是说，如果换上石中的学生参加中日夏令营，中国孩子绝不会比日本孩子逊色。

我对苏玉泉校长及其石中教师团队深怀敬意！他们如鲁迅先生在《我们现在怎样做父亲》一文中所说："自己背着因袭的重担，肩住了黑暗的闸门，放他们（孩子们）到宽阔光明的地方去。"他们不是蛮干，而是精心设计，把安全放在首位。例如，他们配备了校医随队，准备了校车随行，劝说那些体力不支的学生上车。例如，我读到杜锦瑜同学身有残疾却坚持参加拉练的章节时，一边为之感动，一边在祈祷有一辆车出现,果然校车出现了!而且,杜锦瑜同学是很有尊严地上了校车,因为她已经尽了最大努力,她不是逃兵,而是值得骄傲的胜利者!

特别钦佩年轻的儿童文学作家毛芦芦,她不仅仅是用文笔和才华来写《难忘与你们同行》一书,她更是多次用双脚、用汗水、用一颗心来与师生们共同体验。据悉,她曾在石中做过四年教师,多次回来参加拉练。有一次她竟是在母亲刚刚去世后,还戴着黑纱就来参加拉练!所以,作品的字里行间充满了真情实感,有汗水味道,有血泡破裂的疼痛,有生命的顽强喘息,也有浓浓的青春激情与诗意。她在本书结尾意犹未尽地感慨:亲爱的石中人啊,我永远难忘曾与你们走过的长路。这样的路,就是筑在我们心上的长城。

那么,学生们的感受如何呢?请看书中记载的学生童雯琦的诗:

走在脚下的是路
走在心上的是坚持

这是一条最美的路
有一路的欢声笑语
有一路的坚持不懈
有一路的坚强意志

这是一条最痛的路
有一路的水泡
一路的腰酸腿疼

也是一条温暖的路

有一路的同学陪伴

有一路的老师陪伴

一路上我们懂得了互相扶持

一路上我们享受着阳光的抚摸

这一路我们患难见真情

寻得一生挚友

懂了师心可贵

夕阳西下

我看见终点在前方

我看见胜利在前方

我看见未来在前方

未来如何呢？具体说既然已经坚持了二十三年，毕业生的成长经历最能够证明拉练教育的成败得失。感谢作者为我们提供了难得的回音。

石中初中部一九九五届毕业生，如今在宁波首钢浙金钢材有限公司任副总的郑胜先生曾说："一九九四年的第一次拉练，也是我在石中的最后一次拉练。当时觉得九华山是那么高，似乎怎么也爬不到顶，可是，现在想起来，有这座少年时征服了的高山垫底，人生已似乎没有任何高峰能让我害怕啦！"

与郑胜同届毕业,如今在苏州某公司任职的罗慧娟女士回忆道:"一九九四年的拉练,我是一边哭一边走回学校的,实在是太累太累啦! 但是,我也哭着拒绝了父亲来接我的自行车! 那是我一生最难忘的往事,我那年的眼泪,也是我这一生的荣耀!"

　　而把拉练行动和精神带得最远的校友,恐怕要数远在美国的阮芬女士了,她是石中高中部二〇〇一届毕业生,如今在美国的 E&E 公司上班。每个周末,阮女士都会带着儿子陈竞驰去拉练。陈竞驰今年才四岁半,还在 Kinder Care 幼儿园读 Pre-K(类似于国内的幼儿园中大班),可他在母亲的影响下,每次已能走六英里左右了(相当于我们的十公里)。一个四岁多点的孩子,却已经具有了百折不回、勇往直前的拉练精神,这对他的一生来说,将会产生多大的影响啊!"记得当年苏校长总说拉练是为了和日本孩子做一场较量。其实,我的孩子,已超越了很多美国同龄的孩子。当然,我每周带孩子出去拉练,并不是为了刻意培养孩子和外国人竞争的意识,我只是想告诉生活在美国土地上的儿子,我们中国人,本来就是能吃苦、勤劳和充满智慧的人! 我们只要不断地去锻炼自己,不断地去战胜自己,不断地去获得自信,那我们自然也会在新时代的竞争中获胜了。美国人虽然很喜欢户外活动,可像我们母校石中这样,连续二十三年举行全校性的拉练活动的学校,却是没有的。我为自己的母校骄傲,当然,我也为自己是个中国人而骄傲!"

　　作者与石中的师生们感慨:一个学校,全校师生连续二十多年坚持不懈地进行拉练活动,这在全中国、全世界,恐怕都是绝无仅有的。

　　我的回答:是的,这是中外教育史上的一个奇迹! 如果,今日中国有越来越多这样的学校和这样的选择与坚持，那更是真正了不起的奇迹！

《夏令营中的较量》的真正启示在于，日本的修学旅行不是少数人的狂热，而是一个国家坚持了半个多世纪的教育制度。据二○一七年十月七日《光明日报》登载的《行走中的"必修课"——日本修学旅行让孩子触摸真实的世界》一文介绍：一九五八年，修学旅行被正式纳入日本的学校教育体系。值得欣慰的是，中国教育部已经开始实行研学旅行的教育制度。而石中作为开路先锋，二十多年的经验值得广为传播和借鉴，而这正是本书的价值所在。

二○一七年十二月二十一日于北京云根斋

（作者孙云晓系中国青少年研究中心研究员、家庭教育首席专家、中国作家协会全国委员会委员兼儿童文学委员会委员、首都师范大学特聘教授）

目录
MULU

黎明的等待

　　这时,天色已慢慢转亮了。不过,从各个寝室里冲出来的新一批学生,又把操场上的白霜画花了。

清晨六点，天色还是灰蒙蒙的，浙江省衢州市柯城区石梁镇中学操场边那些悬铃木上的小球果，还没有被北风吹醒，还没有为天地敲响那籁啦、籁啦的小铃，但满操场的白霜，已被学生们三三两两的脚步，踩花了。

有的孩子一边踏步，一边在使劲地搓手；有的孩子一边唱歌，一边在原地跳跃；有的孩子则在你追我赶地跑步。

孩子们这是在晨练吗？为什么他们每个人都背着书包呢？这书包，还一律鼓鼓囊囊的。而且，有不少孩子还高高擎着旗子。旗子不单单是红色的，赤橙黄绿青蓝紫，各种颜色都有。

那些彩旗，在孩子们的手上猎猎飞舞着，一不小心，就将灰色的天幕点亮了。

从寝室里涌进操场的学生越来越多。在这大冬天，每个孩子身上的衣服都比较单薄，每个孩子眼里的笑意都很璀璨。

"要拉练喽！要拉练喽！"不知哪个孩子先带头喊了这么两声。

"要拉练喽！要拉练喽！要拉练喽！"操场上那一两百个孩子竟都放开嗓门大喊起来。

同学们的喊声未落，有个头发花白、面容瘦削的中年男子不知从哪里冒了出来，冲大家挥着手说道："哎，同学们，离出发时间还早，你们先去吃早饭，然后回各自班级去集合，等班主任叫你们出来，你们再来操场吧！"

同学们听了那个中年男人的话，呼啦一下全散开了，各自噼里啪啦朝食堂或教室跑去，一杆杆旗子，也呼啦啦朝教学楼方向飘去。但有个扎马尾辫的女孩留了下来，仰着一张标致的鹅蛋脸问那个中年男人："苏校长，什么时候才出发啊？我实在是迫不及待啦，今天四点就醒来啦！"

"快了，我们七点半集合，八点准时出发！现在，离出发还有一个多小时。你赶紧去吃点东西，休息休息，要知道，今天咱们可要走一天的长路呢！你是初一年级的吧？也许，自打你出生到现在，走过的路加在一起，都没有今天要走的路长，你怕不怕？"

"不怕！别人不怕，我就不怕！"马尾辫女生响亮地回答，"在我前面，您不是有二十一届学生，全战胜了拉练吗？他们能行，我相信我也能行！"

"好！你有这种精神，太可贵啦！"苏校长走过去拍了拍那女孩的肩膀，女孩羞涩地冲校长一笑，跑啦！

呀，她跑动的样子，怎么跟一般孩子不一样？她的左脚跟是悬空的，上面的小腿肚子一摇一晃地直往右腿那边弯去，颇像提线木偶那悠悠荡荡的木腿。她的左手臂甩动时，也不自觉地直往腰部勾去……

"啊,难道这就是初一(4)班那个因医疗事故而致残的女孩吗?"苏校长望着那女孩歪歪斜斜的跑姿,突然想起初一年级的老师曾跟他介绍过这个女生的情况:她名叫杜锦瑜,小学四年级时,因肺吸虫病导致左半身麻木,却被医生误诊为脑瘤进行了开颅手术,损伤了脑神经,从一个健康的孩子变成了左腿、左手行动不便的残疾人。

想到这里,苏校长不禁喊住了那个越跑越远的女孩:"喂,你是杜锦瑜同学吧?请站住!"

杜锦瑜听了校长的呼唤,连忙刹住了脚步。因为左右腿用力不均,所以身子禁不住往左边倾侧了一下,轻轻摇了摇,才站稳了。她转过身子,黑黑的大眼睛略有不安地望着校长。

"我知道,你的情况跟一般同学有所不同,你确定自己要参加拉练活动吗?"苏校长严肃地问杜锦瑜,"万一你的腿因此痛了起来,怎么办?"

面对校长严肃的询问,杜锦瑜羞红了脸,但她咬了咬那口异常整齐、洁白的牙齿,坚定地回答:"我相信自己不会比其他同学差的,他们能行,我也一定能行!请校长放心!"

"好!好样儿的!咱们拉练,要的就是这样的信心和意志!要的就是这样的精神和气概!好,你走吧,好好去吃顿早饭。等下走到半路,万一你走不动了,我就让校车司机把你接回来!"

"好,谢谢校长!"杜锦瑜清脆地答应了一声,飞快地跑开了。

虽然她的腿一长一短,虽然她的身体有些歪斜,但是,她跑步的速度并不比操场上的其他孩子慢。

目送着这孩子跑进了教学楼一楼初一年级的教室,苏校长脸上忍不住露出了一抹赞赏的笑意。

　　这时，天色已慢慢转亮了。不过，从各个寝室里冲出来的新一批学生，又把操场上的白霜画花了。

　　那些大大的霜花，多像一只只充满期待的眼睛啊！期待着一次集体的出发，期待着又一批年少学子，用自己的脚步和意志去丈量大地的宽度，去丈量家乡母亲河的长度。

第二十二次出发

　　一百多面旗帜，迎着清冽、凌厉的北风，在操场上飘啊飘，在这个五千多平方米的大操场上，舞出了一只美丽的凤凰。

对了，这次让孩子们期待已久的拉练活动，主题就是"看一看我们的母亲河"。

这是二〇一五年十二月三十日早上七点半，此刻的石梁中学，四周的草木已欣欣然地张开了眼睛。悬铃木虽然差不多掉光了叶子，但树上还悬挂着不少小球果。那些小球果，此刻，正在西北风的吹拂下，嘀嘀嘟嘟地开始为新一轮的旭日鼓掌欢呼。此刻的操场，也成了一个人头攒动、人声鼎沸的大舞台。

全校二十三个班级，已全部提前到位，站在操场上兴奋地等待着出发号令的响起。

当然，天色早已大亮，太阳也已升到教师公寓的楼顶。不过，因为有薄云遮蔽，阳光只给操场洒上了一层淡淡的金光。这层淡淡的金光，没能尽快消融一地的白霜，却将那些迎风招展的旗帜，辉映得更鲜亮了。学校彩旗队的所有彩旗和各班的班旗，现在已全部集中到操场上来了。

一百多面旗帜,迎着清冽、凌厉的北风,在操场上飘啊飘,在这个五千多平方米的大操场上,舞出了一只美丽的凤凰。

虽然站在司令台前的那六七百位学生,只占了操场不到十分之一的面积,但是,今天的这个十分之一,却早已按捺不住飞翔的渴望了。看,每个孩子都不停地踩着脚步,每个孩子都在拼命地翘首仰望,每个孩子的目光都紧盯着前方不远处的那个水泥司令台。

此刻,每一个孩子的内心,都沸腾着一座炙热的活火山,只是这些火山都塞着一个个塞子。大家都在静待着那个塞子开启者能早早地站上司令台,早早用他的大手用力一劈,把所有的塞子都劈断,让火山早点喷发,让激情早点释放,让征服的脚步早一点踏上属于它们的征途……

北风簌啦簌啦拍打着孩子们的脸颊,时针在嘀嗒嘀嗒叩击着孩子们的脉搏,终于,八点啦!只见瘦削干练的苏玉泉校长嗖地冲上了司令台。

"哗!"苏校长那敏捷的身影,一跃上司令台,孩子们的掌声,就自动开了闸,自动涨了潮。

"就要出发啦!终于要出发啦!啊,我太激动啦!"一大早曾与苏校长有过对话的杜锦瑜同学,这时一边鼓掌,一边忍不住叫了起来。

"杜锦瑜,别急,苏校长还有一通例行讲话得发表呢!"班主任齐志华老师听见杜锦瑜的话后,笑着对她说道。

"什么,还有梨子杏子要讲话啊?"杜锦瑜正纳闷呢,司令台上,苏校长已开始慷慨陈词了。

"我们为什么要拉练?一九九四年,我在《中国青年报》上看到一篇文章《夏令营中的较量》,作家孙云晓很感慨,因为我们中国孩子在夏令营中的表现处处不如日本孩子,他向我们中国人敲响了警钟。这对我震动极大。我决定把自己学校的孩子拉出去跟日本孩子做个无形的较量。于是,在那年的十二月二十八日,我带领石梁中学的全体师生,踏上了八十里的徒步拉练之路,就为了证明咱们中国的中学生是能吃苦、有毅力的好少年!我们成功了!这个拉练活动,从那时起,我们一直坚持了二十一年,举行了二十一次。而今天,就是第二十二次!今天,我们要一起去看一看我们的母亲河,我们要顺着石梁溪,一直走到城里,再从衢州一中那边,折向万田、九华方向,因为今年是我们学校建校五十八周年,所以,我们今天就走五十八里路,这是我们学校拉练史上行进路程最短的一次拉练,希望同学们不要做孬种;希望同学们不要给我们这届学生丢脸;希望同学们一定要征服这五十八里的路程!”

苏校长的声音异常洪亮,震得操场边的枫树簌啦、簌啦飘下了好多落叶。而那些衣衫单薄的孩子,则明显在激动地打战。

“啊呀,今天我特意少穿了些衣服,现在,我都被校长感动得抖成一团啦!”在初三(5)班的队伍里,有个名叫赖亚倩的女生扭头轻轻跟同伴说道。

在初三(10)班的队伍里,有位名叫吴非凡的男生也感慨道:“虽然已经听第三次了,但我还是很激动啊,因为我知道校长的壮行演说已和我们传统的拉练活动连在一起了,也变成了我们学校的传统啦!”

“就是,就是,今天是我在石梁中学最后一次参加拉练了,心情格外感慨啊!”吴非凡身边,有很多同学都这么叫道。

"嘘,别吵!"只见班主任严厉地朝他们瞪了一眼。于是,同学们竭力按压住自己怦怦乱跳的心,继续听苏校长二十多年没有多少变化的"梨子杏子"讲话:"同学们,拉练能带给我们什么? 一是能锻炼我们的身体;二是能磨炼我们的意志;三是能增强我们的集体观念! 一个人,有时只有在集体中,才能迸发出难以想象的力量……好,就让我们出发吧! 在大集体的熔炉中,在家乡的母亲河边,在咱们衢州的黄土地上,去进行我们的小'长征'! 出发!"

只见苏校长在司令台上用力地一挥手,顿时,全校六百六十七位学生八十六位教职员工心中的火山塞,全被苏校长劈断了。

哇,一座座火山全喷发啦!

听,大家都在尽情地欢呼:"出发啦!""出发啦!""出发啦!"

看,有很多学生脱下了头上的帽子,使劲地往空中抛去。顿时,操场上帽飞如雨。

各种颜色的帽子与高高舞动的旗帜交织在一起,真的很像一片色彩斑斓的火山灰,把那一大群激情飞跃的孩子完全抱在了怀中。

我是旗手

　　这些孩子,手中扛的无论是校旗、班旗、拉练旗,还是普通的彩旗,都把旗帜看成了一种责任、一种信仰、一种团结的象征,视作了一种胜利的召唤。

正式出发啦！

每一年拉练，走在队伍第一个的，总是苏玉泉校长。而且，每一次拉练，苏校长穿的几乎都是红色的运动服。

他那一袭红衣，就像一团鲜红的火苗，总在激情万丈地燃烧，总在热情澎湃地飘动，总在深情无限地绵延。

经过二十一年的"长征"，在他这团火焰身后，早已绵延出了一条长无尽头的大火龙。

一九九四年十二月二十八日，石梁中学在苏校长的带领下，第一次举行拉练活动。当时活动的主题是"中日夏令营中的再较量"，所走路程达四十公里，而且中途还要爬上浙西著名的小九华山。当时，这支队伍，有学生一千三百四十五人，教职工八十三人，行进中的队伍，前后差不多一公里长。

二〇〇四年十二月二十九日，石梁中学在苏校长的带领下，第十一次举行拉练活动,所走路程达四十公里。当时,这支队伍中有学生三千七百五十二人,教职工二百余人。行进中的队伍,前后差不多达三公里长,这是石中参加拉练人数最多的一次拉练活动。

二〇〇七年十二月三十日,石梁中学在刚刚经历了高中部学生全部被撤并入衢州高级中学的"大阵痛"以后,拉练活动依然照常进行。虽然学生已大大减少,但这支举着熊熊精神火炬的长龙般的队伍,依然在浙西大地上逶迤出一道独特的风景。

二十一年来,这每年一次的全校性仿军事化的远足或毅行活动,就是让一届届学生毕生难忘的拉练,就是数万石中人用满身的汗水和脚上的水泡共同写下的青春诗篇。拉练活动,已经成了石梁中学有别于其他任何一所学校的最鲜亮的一张名片。

今天,苏校长一马当先,带领石梁中学的全校师生,又开始了新一轮的拉练,新一轮的"长征"。石梁中学这座"活火山",再度喷出了骄人的火焰。从每个孩子胸中涌出的激情,再一次把这支青涩的学生军变成了一条斗志昂扬的巨龙。

而那个手执"龙旗",带领大家一起去征服自我、亲近母亲河的人,就是苏玉泉校长。

只见他亲自扛了一面校旗,大步流星地朝校门口走去。

在他身后,是一个高高扛着拉练大旗的高个子男生。拉练旗后,有两个学生一起举着"看一看我们的母亲河"的横幅标语。然后,是由四十面彩旗组成的彩旗方阵。扛旗的学生,是初三年级的男生,生机勃勃,青春飞扬。

紧跟着校长的步伐,校园广播里也播起了激荡人心的音乐。校彩旗队的帅男孩们，一致迈开脚步，如风飞旋着，一转眼间，就舞出了一圆一方两个彩旗方队，向全校师生诠释了什么是"没有规矩，不成方圆"。

学校初三年级的语文老师徐亚萍忍不住这样形容那些彩旗队员："他们一个个目光坚定，步履矫健地向前走去。飘舞的彩旗，如汹涌起伏的波涛，又似连绵不断的山岚，加上旭日的映照，是那么耀眼、雄健又飘逸，让我们目睹了'龙头'的风采！"

是的，学校的彩旗队，就像拉练队伍中的"龙头"，气宇轩昂又灵动自如地在操场上盘旋了一阵，马上就飞出了校门。

初三年级的同学跟着"龙头"，按班级顺序，一个班一个班依次旋出校门。他们就像健壮又威武的"龙颈"，掌握着行进的速度，掌控着拉练的节奏。

而紧随其后的初二年级，自然就是矫健而颀长的"龙身"了，他们的每一步，都体现着拉练队伍的面貌，都展现着石中人的精神风采。

年龄最小、身材最矮的初一学生，无疑就是细小但灵活的"龙尾"了。他们最兴奋、最好动、最活跃，也最容易疲累。每一年，他们的故事总是层出不穷。他们的坚韧，就是全石中人的坚韧；他们的坚持，就是整条巨龙的坚持；他们的胜利，就是整次拉练活动的胜利。所以，他们往往也是老师们关注的焦点。

每一次举行拉练活动，在队伍后面压阵的都是学校的副校长或党支部副书记。

据已调任衢州市特殊教育学校校长一职的王炳洋老师回忆，他从一九九四年开始，曾在石梁中学参加了七次拉练活动，每一年，他都是走在队伍最后的那一个人。总要等所有的学生安全回到学校，他那颗高悬的心,才会稳稳地回到自己的胸腔。

每次拉练,要是说苏校长是一面斗志昂扬的"龙头旗",那么石中的副校长和副书记,就是压阵的那面"龙尾旗"。整整二十二年了,要是没有整个校领导班子的团结一致,那么,在浙西大地上,石中的拉练旗帜就不可能扛这么久,中国教育界,就不可能出现这么大的一个奇迹。

所以说,石中的拉练之旗,是每一位学生、每一位老师、每一位领导集二十多年之力一起扛起的大旗。

而小旗手们的故事,跟大旗手们的故事一样精彩。

每次拉练,除了走在队伍前面的彩旗方阵,每个班至少还各有一面拉练旗、一面班旗。这两个扛旗手,一般由班长或体育委员来担当。可是,走着,走着,每个班的旗帜就流动起来了,因为走那么长的路,还得扛着一面旗,毕竟是一桩苦活、累活。当班干部们扛累了,往往就有普通同学主动从他们手里把拉练旗和班旗接了过去。

初三(4)班的方恺杰,在石梁中学读了三年书,三年都是班里的扛旗手。因为他长得格外白净英俊,郑婉婷还给他取了一个绰号——"小白脸扛旗手"。每当他这个"小白脸扛旗手"扛旗扛累了的时候,赖丹义,一个看上去清秀文弱的"林黛玉"似的女生,就会从他手里默默地把旗子接过去,高高举过头顶,让班旗在风中猎猎地飞扬……

今年,校彩旗队的队员,有很多来自初三(10)班。

初三(10)班的张子昂说:"出发后,我扛着校旗十分显眼,走过每个村子,大家都要多看我几眼,我觉得无比光荣。但这光荣是需要付出代价的。没过多久,我的双手就酸得不行了,旗帜从这只手换到那只手,又从那只手换到这只手。我想去班里找人帮忙,可班里的男生几乎都在扛旗。我只能咬牙坚持着。不过,转念一想——这种苦、这种累、这种光荣,不就是苏校长想要我们去体会、去感受、去坚持的吗?"

初三(10)班的龚家豪说:"我在彩旗队中排第二,校长就走在我身边,我和校长有说有笑,非常幸福。到了城里,有一大批人加入了我们拉练的队伍。那都是从石梁中学调往衢州二中工作的老师。校长见了他们,乐坏了,忙向我们介绍这是谁那又是谁,那些老师让他自豪万分。"

初三(10)班的护旗手郑万策则在《拉练记事》一文里这么写道:"行进中,一棵顽皮的小树缠住了旗子。彩旗队的同学与小树之间,展开了斗智斗勇的竞争。眼睛盯着树枝与旗帜,大旗子与小旗子在树枝间左躲右闪,默默前行……终于,我们汗流浃背、疲惫不堪,但又自豪不已地扛着旗帜回到了学校。我想:无论何时,无论何地,都难以掩盖我们初中三年的拉练光芒。这三次炽热、难忘的旅途,那累计三百来里的路程,如同一把火炬点燃了我的灵魂。感谢拉练使我真正理解了奋斗不止的含义!"

初一(1)班的程真则演绎了另外的扛旗故事。他说:"当时我正和我的好朋友走在一起,他手中举着班旗,摇来摇去。突然,他脚下绊了一下,旗子从他手中掉到了水沟里。我情急之下也顾不得那么多了,把书包往地上一放,就跳进泥水里,捡起旗子,跳出水沟,扛着旗就走!"

啊,这些孩子,手中扛的无论是校旗、班旗、拉练旗,还是普通的彩旗,都把旗帜看成了一种责任、一种信仰、一种团结的象征,视作了一种胜利的召唤。

恰如初二年级的科学老师严富根所说的："拉练的旗，代表了团队的尊严与精神，也是个人的尊严与精神。既然选择了扛旗，就要坚持下去。孩子们举着旗，每前行一小步，都代表着一个新高度，这是一个自我挑战的历程。蜘蛛不会飞翔，但它能把网凝结在半空，这就是勤奋与坚韧的结果。对每一个人来说，放弃都是容易的，坚持却是困难的。面临寒风，脚踏黄沙，与昆虫为伍，以杂草为伴，旗帜引领我们不断前行，坚持则让我们青春无悔！"

让母亲河听一听口号和歌声

石梁中学所有学生的歌,在芒花飘飘的溪边,伴着叮咚叮咚的水歌,传出很远很远。

出校门左拐，不足两百米，就是美丽的石梁溪，就是石梁人民的母亲河。

她本来只是一条流淌在山间草畔的野溪。可是，受惠于浙江省"五水共治"的政策，经过区、乡、村三级政府的共同努力，这条小溪的两岸砌起了整整齐齐的堤坝，堤坝上下栽了数不胜数的花草树木，堤坝边还修了一个个小型健身广场。顺着地势，溪中还筑起了一道道的小水坝，有些是瀑布形状的，有些是搭石①形状的，有些则是路桥形状的。水边，则种满了密密麻麻的再力花、芦苇和芒草，美不胜收……

如今，尽管已是深冬，但整条石梁溪依然水清如镜，花飞似雪，俨如仙境。

当苏玉泉校长带领石中师生，来到石梁桥头，右拐进溪边的第一个村庄——麻蓬村时，所有孩子的眼睛几乎都被眼前的美景撑大了。

---

① 搭石：人们在没有桥的溪流、河沟上用石块铺设而成的简易通道。石块一般为方形且扁平，按一定的等距离均匀摆放，供人们踩踏前行。

路旁,是一幢幢别墅形状的农舍;溪边,是一棵棵参天而立的枫杨;水畔,是一片片袅袅娜娜的芦花。而一个个朴实慈祥的农人,正笑容满面地站在门前、树下、花旁,兴致勃勃地打量着这支来自石梁中学的朝气蓬勃的学生队伍。

"哎,同学们,你们的口号呢? 快喊拉练口号啊!"一接收到父老乡亲那慈爱又欣赏的注目礼,苏校长就冲学生们大喊起来。

"对啊,怎么忘了喊口号啊?"无论是老师还是学生,都纷纷醒悟了过来。

于是,各种口号一瞬间就地动山摇地响了起来。

有的班级喊:"东风吹,战鼓擂,要拉练,谁怕谁! 谁英雄,谁好汉,拉练路上比比看!"

有的班级喊:"励志照亮人生,拼搏改变人生! 我志所向,一往无前! 海阔天作岸,山高我为峰! 挑战拉练,快乐无穷!"

有的班级喊:"不经历风雨,怎能见彩虹? 没有一番寒彻骨,哪来梅花扑鼻香?"

有的班级喊:"超越梦想,唯有我班! 激情澎湃,永远不败! 斗志昂扬,石中最强!"

有的班级喊:"拉练,拉练,猛虎出山,奋勇前行,提高自我!"

更多的班级则在喊:"校兴我荣! 校衰我耻! 努力学习! 为校争光!"因为这是石中的校训。

听着雄浑有力的口号声,苏校长满意地笑了。路旁的农人们,一个个也激动地笑了。

没几分钟,这个美丽淳朴的村庄,就被石中的拉练队伍抛在了身后。师生们沿着溪边的柏油小路,继续前行。

突然,不知哪个孩子大叫了起来:"看,这里有个金庸广场呢!"

"对呀,对岸还有个'十三太保拳'练武场呢!"又有孩子大叫。

"看来,我们好像走进了金庸先生的武侠小说哦!"

在同学们激动的叫嚷声中,有个走路一跛一跛的女孩,指着路旁的那块橘黄色、假山形状的"金庸文化广场"的路标,对身旁的女伴吴颜玉款款说道:"我知道的,金庸小时候就在我们石梁读过书!所以在他的小说《碧血剑》里,有四十几处地方写到石梁和石梁派武功呢!"

"杜锦瑜,难道你看过金庸的《碧血剑》啦?"吴颜玉问她。

"还没呢!但以前在医院住院时,我看过报纸上报道过金庸与我们衢州的关系。那还是抗日战争时期,金庸在衢州一中读书,而那时一中为了躲避日寇飞机的轰炸,搬到了石梁静岩村的老祠堂里上课,所以与静岩村比较近的石梁村、麻篷村都是金庸小时候常常来玩的地方。当然,这小溪边,他也常常来的。据说,他笔下的桃花岛,也是根据这溪里的一座无名小岛构思出来的呢!"杜锦瑜见吴颜玉感兴趣,忍不住侃侃而谈。

就在两个女孩窃窃私语的时候,在她们的前后左右,响起了一阵阵嘹亮的歌声。

"团结就是力量,团结就是力量……"这是初一(3)班同学唱响的歌谣。

"长城儿女,炎黄子孙,胸怀着历史命运……"这是初一(2)班同学所唱响的歌谣。

"前进,前进,前进,我们的队伍向太阳……"这是初一(1)班同学所唱响的歌谣。

当然，其他的同学也不甘落后，纷纷地吼起了"日落西山红霞飞，战士打靶把营归，把营归……"，吼起了"我爱你，塞北的雪……"，吼起了"你是我的小呀小苹果，怎么爱你也不嫌多……"

"呀，连这样的歌也可以唱呀！"杜锦瑜与吴颜玉相视一笑，"那咱们来唱《青春修炼手册》吧！"

"好！"吴颜玉点点头。两个女孩立刻轻快地唱了起来："跟着我，左手右手一个慢动作，右手左手慢动作重播……佩戴上一克拉的梦想，我的勇敢充满电量，昂首到达每一个地方。这世界的太阳，因为自信才能把我照亮；这舞台的中央，有我才闪亮，有我才能发着光……青春有太多未知的猜测，成长的烦恼算什么？ 向明天，对不起；向前冲，不客气，一路有你，充满斗志无限动力……"

哦，杜锦瑜和她同学的歌，石梁中学所有学生的歌，在芒花飘飘的溪边，伴着叮咚叮咚的水声，传出很远很远。一群又一群的小鸟被惊动了，它们从路边的狗尾巴草丛里、从近处的橘地里，纷纷扬扬地飞起来，跟那些被学生有力的脚步震起的芦花飞絮一起；跟那些飞扬的彩旗一起，悠悠飘舞在空中，为古老的石梁溪，镶上了一道非比寻常的彩虹。

声震山岳的口号声，此起彼伏的歌声，一会儿就把石中的拉练队伍送进了一个新的村庄。

下静岩、上静岩村到了。著名的武侠小说大师金庸少年时代曾在此求学的村庄到了。虽然石梁溪离静岩村有一两里路，但在这段溪边，还是站满了前来围观的乡亲。

"孩子们真能干！"有的乡亲用爱怜的目光望着这支行进中的学生

队伍。

"还是校长厉害,能够坚持二十多年,年年把学生带出来走这样的长路,真不简单!"有的乡亲冲苏校长竖起了拇指。

"老师们也辛苦,不仅自己要走那么远的路,而且每个人还要管那么多学生!"有的乡亲笑着夸赞那一个个守护着学生的老师。

"反正,从学生到老师到校长,每个人都不简单啊!"有的乡亲则把学生、老师、校长都夸了一个遍。

孩子们听了乡亲们的赞美,一个个都把小胸脯挺得高高的,把脚步踩得更有力、更整齐了。

老师们则忍不住悄悄提高了声音冲孩子们叫道:"口号呢?口号呢?快把口号喊起来!""来,同学们,让我们唱一首歌来感谢乡亲们对我们的鼓励!""来,快向爷爷、奶奶、叔叔、阿姨们问好!"

于是,新一波的呼喊声、歌声,又在石梁溪边,在母亲河边,震天动地飘荡起来……

正如初二年级的英语老师周富云所说的:"一首首歌被大家唱出了从未有过的欢快,每个人心中都充满了阳光,巨大的精神力量被激发出来,沉睡已久的潜能也被唤醒了。我们的歌声响彻了一路,唱进了我们每个人的灵魂,每个人心中都不约而同地设定了一个坚定的目标——坚持走完全程,成为自己的英雄!"

就这样,石中的拉练队伍,用雄浑的口号声和脆亮的歌声,交织成一曲无比壮阔的交响乐。

对了,还有那窸窸窣窣的脚步声呢!它们其实是这阙交响乐的灵魂,是这阙交响乐最抒情的小提琴合奏。每一个行走的孩子,都是一个跳动的音符,以天地为琴轴,用坚韧的行走,在浙西大地上奏响了一阙动人的青春之歌。

看,在这些孩子齐心合力的演奏中,一公里又一公里的路程,纷纷被他们甩在了身后。

冬阳暖暖的,温柔地将丝丝光线抛向大地,洒向落叶树和常绿树,洒向芦花、芒花和狗尾巴花,洒向孩子们纯真的笑脸。

满鼻子都是青草和泥土的香味,满耳都是红色革命歌曲和青春励志歌曲,满世界都是孩子们爽朗的笑声。

孩子们有的肩并肩相互紧挨着走,有的手拉着手相互搀扶着走,有的前后搭着背相互牵引着走,每个人都用自己的实际行动,温暖着同伴,为同伴加油。有的孩子走得满头大汗,有的孩子走得脸红耳赤,有的孩子走得呼哧呼哧直喘粗气。可是,无论走得多累,都没有谁愿意停下青春的步伐。他们总是竭力通过唱歌、哼曲、讲笑话、说典故、猜脑筋急转弯或做鬼脸的方式,来为自己和他人鼓劲,来为自己和他人制造快乐的气氛。

"快乐是彩色的染料,为孩子们描绘出五彩缤纷的友谊。友谊是跳动的音符,为孩子们谱写出有声有色的青春之歌。青春的拉练,就像一部充满活力的连续剧,令观众回味无穷。"这是初二(3)班的班主任廖献祥老师对孩子们的评价,说得真好!

初二(3)班的包雨欣同学,也如此骄傲地跟同学说道:"青春其实也可以不分年龄哦。瞧,我们五十多岁的老校长,脸上早已爬满了皱纹,却笑得像一朵山茶花,乐得嘴都快扯到耳根子了。他的模样有些可笑,却充满了活力。他兴奋得连那满头的银丝也根根竖起,和大家一起唱呀、跳呀、跑呀、闹呀,仿佛他才二十岁呢!啊呀,拉练活动,就是这么任性地用一把青春的大火将我们的老校长重新烧成了一位少年郎呢!"

是啊,不仅五十五岁的老校长变年轻了,就连那已经退休的语文老师闻银泉,也似乎变成了一个小青年。

闻老师上半年就已经退休了,可是,今天一大早他又骑着他的单车,回到了学校。往年,他是拉练活动的义务摄影师。今天,他也拎着他的单反相机,主动当起了"随军摄影记者"。

他蹬着单车,一会儿来到拉练队伍的最前头,拍摄那迎风招展的彩旗,拍摄那步履铿锵的旗手,拍摄初三学生的领头羊风貌,拍摄"龙头""龙颈"的庄严英姿。一会儿又来到拉练队伍的中间地带,拍下初二学生那活泼的笑容,那坚持的汗水,那友爱的搀扶,那戏谑的鬼脸,拍下"龙身"游动在母亲河边的矫健风采。一会儿,闻老师的单车,又驶进了初一年级的拉练队伍中。

他在队伍一侧慢慢骑行着,一双大眼睛炯炯有神地打量着这些年龄最小的孩子,一头花白的头发,被风吹得愈加花白了,好似那满溪谷的芦花絮、芒花絮,丝丝缕缕全飘上了他的脑袋。一旦他发现了学生互帮互助的感人情景,他就会急急忙忙地扔下自行车,飞快地冲着刚刚捕捉到的"灵感"举起手中的相机……

因为他曾是校文学社的指导老师,所以很多初一学生都认识他。

初一(3)班有四个自封为"四大天王"的调皮鬼,一瞥见闻老师的身影,就冲他喊起了口号。一个喊:"拉练苦不苦,想想红军二万五!"一个喊:"拉练累不累,想想英雄董存瑞!"一个喊:"拉练苦不苦,想想红军二万五!"最后一个喊:"拉练累不累,看看闻老师这个老前辈!"

"哗——"听到的同学们全笑了。

"哈——"闻老师也笑了,差点没从单车上跌下来,干脆,他把车子交到了别的老师手中,也陪孩子一起步行起来……

起先,孩子们"欺负"闻老师是个"老头子",都纷纷要跟他比一比,赛一赛,看看谁走得快。尤其那四个帅帅酷酷的"天王"徐超、吴浩哲、郑凯冉、方康平,更是来劲了。

虽然才读初一,可是他们每个人都已比闻老师高出了六七厘米,所以,每个人都觉得自己是赢定闻老师了。他们一起甩开大长腿,吭哧吭哧直往前冲,一边走,还一边大声地唱着周杰伦的《稻香》:"对这个世界如果你有太多的抱怨,跌倒了就不敢继续往前走,为什么人要这么的脆弱堕落。请你打开电视看看,多少人为生命在努力勇敢地走下去,我们是不是该知足,珍惜一切就算没有拥有……"

哪想到,就在一支《稻香》的工夫里,闻老师就已经把他们甩下了一大截,差不多都蹿到初一(1)班边上去了。

"你们呀,就不要和闻老师比啦!"这时,文学社的另一个指导老师曾玉婷说,"他呀,去学校上课每天都是走路的,十来公里路程,每天打一个来回,相当于他每天都在拉练,你们怎么比得过他呢!"

"四大天王"一听,一个个都傻了。

没想到,闻老师竟是一个如此强健的"小老头"啊!

"看来,咱们得封他做真正的天王,叫他'闻大天王'!"

哈哈哈,孩子都笑了,可是,闻老师却一个转身,又举着他的单反相机跑到队伍末尾,去拍"龙尾"的风采了……

三分之一"站台"

你们已经走了三分之一的路程，就要到达
我们梦寐以求的一中校园了……

"这孩子走路不对劲啊！"不一会儿，闻老师就在初一(4)班的队伍里，发现了走得满头大汗的杜锦瑜同学。

这时，石梁溪已经汇入衢江，石梁中学的拉练队伍，经过十公里的跋涉，已经进了城。

虽然为了石中孩子的安全，柯城交警大队在每一个路口都安排了交警、协警来做引路员，但很多学生在过马路时，还是忍不住露出了一副紧张的表情。毕竟他们都是来自农村的孩子，而且大多是来自七里、九华等大山里的孩子。虽然他们以前都进过城，但那时有父母大人们做贴身护卫。而今天，他们最大的依靠，除了自己，就是同学和老师了！

一踏进衢州城的西大门，老师一个个就觉得自己的脚步突然沉重了。虽然石中老师的家一般都在城里，虽然这些老师每一天都要出城、进城，但此刻进城，他们的双肩上，可都挑着一个个孩子的安危。所以，每一个老师都不知比孩子们紧张了几倍。听，无论是校长、老师,还是校工,此刻,一个个全亮开了大嗓门在冲同学们喊话:"小心点,小心点,同学们请跟紧队伍!请听交警的指挥!"

正如初二(3)班的语文老师郑欣儿所说的:"对于拉练来说,老师比学生还不容易。因为陪孩子走一段段新路,不仅是对每个老师毅力和体力的考验,也让老师们背了一路的担忧和责任,老师必须'先学生之忧而忧,后学生之乐而乐',所以,我们老师的拉练活动,是真正的负重前行!在孩子们进城后过马路时,我的担忧更是达到了极限!"

进了城,因为老师们的脸色一个个都变得凝重起来,所以,学生们的脸色也忍不住变得凝重,步子都变得整齐起来,说笑的声音小了,呼吸的声音粗了,大家你牵我我牵你,手儿拉得更紧了。初三(3)班的赖惠博如此形容大家过马路的情景:"拉练途中,最紧张也是最壮观的事,就是同学们一起过马路,只要绿灯一闪,老师的手一挥,同学们就快速冲过马路,一队、一队又一队,像打仗的部队,很有秩序,有一种兵临城下之感……"

就这样,大家在衢城西区的马路上紧张又壮观地行进着。没多久,就靠近了衢州一中的校门。苏校长逆着拉练队伍,从"龙头"方向不断朝初一年级的队伍跑过来,一边跑一边冲孩子们大喊:"同学们,此刻,你们已经走了三分之一的路程,就要到达我们梦寐以求的一中校园了……来,人家抬头挺胸,请大声喊出我们石中人的口号,喊出我们石中人的精神,喊出我们石中人的风采!"

在苏校长的鼓动下,新一波的口号声、歌声,顿时又像迎风招展的旗帜一样,高高地飘扬在蓝天之下。

有的班级喊:"校兴我荣!校衰我耻!努力学习!为校争光!"

有的班级喊："打造一流团队，共创美好未来！"

有的班级喊："梦想青春多磨炼，自古英雄出少年！艰苦拼搏求奋进，美好世界在眼前！"

有的班级喊："张扬青春意气，踏出人生坦途。放嘹亮凯歌，展青春风采。笑傲拉练行，任我矫健行。追梦征途，你我共度。挑战拉练，快乐无限！"

……

啊，大家一喊起口号来，心情就放松下来了，精神就振奋起来了。一个个走路的样子也不再畏畏缩缩了，而是笑眯眯地走成了一条整齐的直线，沿着城市的人行道，不断地向前、向前……

"好，这才是咱们应该有的精神面貌嘛！""随军摄影记者"闻银泉老师，一边兴致勃勃地帮初一的学生拍照，一边抽空不断地朝他们竖拇指，"你们年龄最小，表现最棒哦！"

可是，在他的镜头里，突然出现了一张痛苦抽搐的脸。那是个个子高高的女孩，有一口特别白净整齐的牙齿，此刻，那白白的牙却紧咬着嘴唇。而且，她走路还跟跟跄跄的，身子一歪一扭，分明是脚出了问题。

闻老师连忙冲那女孩走了过去，关切地问："小同学，你脚受伤了吗？"

"啊，没事，我的脚是老伤了！没事的！"女孩见自己成了老师格外关心的对象，脸一下子涨红了，害羞地回答。

"杜锦瑜，走不动别逞强啊！可以搭车的！"女孩的班主任齐志华老师这时也走过来对女孩说道。

"让我再坚持坚持吧！你们别管我了。"女孩更窘了，忍不住把自己的脸藏到了同学背后。

"好,就让她再坚持坚持!"齐老师转身对闻老师说道,并简单向闻老师介绍了这女孩的不幸遭遇,听得闻老师不由自主地冲杜锦瑜竖起了拇指,举起了照相机。可惜,杜锦瑜却用手捂着脸,死活不想成为老摄影师镜头下的"焦点人物"。

她说:"我跟大家一样,都是拉练队伍里普通的一员,您别拍我!别拍我!要拍,就去拍那些帮别人背书包、搀别人走路的小英雄吧!"

这位美丽的女孩太谦虚了,她不知道,她这个跛着脚忍着痛坚毅行走的女生,就是这拉练队伍中最感人的一个小英雄⋯⋯

瞧,身穿藏蓝色运动服的老摄影师刚走,一身火红衣服的老校长又来了。他一直在拉练队伍里前后跑来跑去的,给全校的学生打气、鼓劲。这一刻,他在初一(4)班的队伍前停住了。

"同学们好!"苏校长冲大家挥手。

"校长好!"孩子们激动得大叫。

"你们已经走了三分之一的路程,第一次参加拉练,不容易啦!加油哦!"苏校长一边夸着大家,一边用目光在人群里搜寻着。最后,他的目光落到了杜锦瑜身上:"你还吃得消吗?能坚持吗?"

"我还好啦!谢谢校长!"杜锦瑜又一次涨红了脸。

"好,好样的!"校长大声夸着杜锦瑜,然后笑着往初二年级的队伍跑去了。

阳光下,他那一身红衣,就像一面红旗,舞动在学生们的心坎上。

杜锦瑜望着校长那火红的背影,心里涌过一道热流,踩下去的脚步不由自主加了力道。可是,她的左脚却一阵钻心的痛,身子一下子歪了出去,幸亏吴颜玉一把拉住了她!

"你呀,脚都快走坏啦,还坚持!"吴颜玉心痛地责备杜锦瑜。

"脚没坏,是抽筋啦,脚趾好像扭成了一团,有点痛!"杜锦瑜赶紧声明。

可吴颜玉没有管她的申辩,她一把夺过杜锦瑜背上的书包,并高高冲班主任齐老师举起一只手喊道:"齐老师,杜锦瑜需要帮助!"

"哦,来了!来了!"平日里看上去总是那么气定神闲的齐老师,这会儿一下子急了,一个箭步就蹿到了杜锦瑜身边。

啊呀,他看到这大冷天的,杜锦瑜额头上竟然痛出了一颗颗晶莹的汗珠,忍不住心疼得骂起她来:"你这小兔崽子呀,也太不知道照顾自己啦!早就跟你说过,走不动就告诉我,你却这么爱逞强!刚刚还在校长面前逞强!你呀,难道非得等到伤腿走断了才肯罢休吗?"

骂得杜锦瑜深深低下了头:"我……我只是想跟同学们一样嘛!"

"我理解!我佩服!可你的身体条件,和同学们确实有点不一样啊!"齐老师说着,怜惜地拍了拍杜锦瑜的肩膀,"我帮你叫一下学校的校车司机吧?"

杜锦瑜沉默了一会儿,然后轻轻说道:"好吧……"

听着她乖巧而又不甘心的回答,齐老师不由得深深叹了口气……

当杜锦瑜搭上学校的校车时,石中的拉练队伍正好来到衢州一中的大门口。只听很多人都在喊:"啊,一中到了!""一中,你好!""哦,一中,我梦想的高中!"其中,有个初三男生郑宇杰举起手臂兴奋地高呼:"衢州一中,这是我女神的学校啊!看,走到这里,我的脚一点也不痛了,干燥的风吹在脸上也变湿润了。对了,连我喝的矿泉水也变甜了！一中，明年我一定也要考到你怀里来哦！感谢这次拉练，带我来到了我女神的身边！"

"傻子哥哥！"杜锦瑜在缓缓驶动的车上，听到郑宇杰的这段话，忍不住捂着嘴笑了。

不过，当她透过车窗，看到那些正在一中操场上打篮球的男生，听到他们此起彼伏的叫喊声"传球啊，传过来啊"时；当她看到几个正走在校园的林荫路上的大姐姐，手里拿着书本，眼睛却好奇地望着校门外的这支拉练队伍时，心里不禁也对这所美丽的学校产生了无限的神往之情。她在心里暗暗发誓："我要好好努力，争取以后成为这里的学生！"

哈，正在她遐思翩翩的时候，杜锦瑜看到，在自己学校队伍的前头，苏校长正拉着好几个大男人的手，在那里开心地乱跳、乱叫。

啊，原来老校长也很有童心，也可以像个小孩啊！

那么，这些一见之下让他如此激动的大男人是谁呢？是一中的老师吗？还是老校长以前的学生呢？

杜锦瑜瞪着车窗外的那群人，忍不住好奇地喃喃自语："他们到底是谁呀，让校长这么高兴？"

"他们呀，都是从我们学校里调出去的老教师呢，现在大部分都在衢州二中教书！都是咱们衢州市的名师啦！"校医傅廉主动接过杜锦瑜的话，笑着回答，"他们早就和苏校长说好，在这里等我们，从这里加入我们拉练队伍的！"

"哇，原来这里还是咱们拉练这趟列车的一个大站台啊！"

"对呀，我们正好走了三分之一的路程，这里，不正是三分之一大站台吗？很像哈利·波特到魔法学校去的那个九又四分之三大站台啊！"与杜锦瑜同车的一位前一刻还在嚷嚷肚子痛的同学，这时，竟开心得大叫起来。

"是啊，原来拉练还能让我见到这么多衢州市名师啊——看来，这拉练活动，还真像一次奇幻旅程呢！"杜锦瑜说着，笑了。车子里的校医和其他学生，当然还有司机，全笑了……

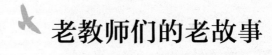 # 老教师们的老故事

拉练不容易,感谢每个人!激情伴我行,
人生须努力!未来无限美,今要多磨砺!

衢州一中校门口，郑友民、周旭荣、杨建宏、童延宏、方银良、华雪田、丁利明等七位衢州二中的老师，还有衢州一中的郑云龙老师，正围着他们心目中的"男神校长"老苏，兴奋地交谈着。

郑友民，衢州最著名的中学——衢州二中的校长助理兼政教处主任、浙江省教坛新秀、全国中小学优秀德育课教师，被二中学生亲切地称为"友民叔叔"。这位在衢州教育界几乎无人不知无人不晓的友民叔叔，此刻，却像一位稚气未脱的初中生那样，右手紧拽着苏校长的手臂，合着苏校长的脚步，与苏校长齐步向前行进着，左手则不断地向石梁中学的学生挥舞着，笑眯了一双亮闪闪的黑眼睛，一再问候着他沿途所见的每一个学生："学弟学妹们好！""学弟学妹们辛苦啦！"

哦，他以前明明是石梁中学的老师，怎么冲石中学子喊"学弟学妹"呢？因为呀，在考上浙江师范大学之前，他也是石梁中学的一名学生呢！

"我有今天，都是被苏校长骂出来的！"他常常跟大家讲这么一个故事，"那时我刚去石梁中学读高一，却不幸迷上了打电子游戏。有天晚上，苏校长把我从学校隔壁的游戏室里一把拎了出来，一直拎到学校操场边的一盏路灯下才放下我，铁青着脸问我：'这位同学，请问你是城里人吗？你父母工作都很好吧？工资都很高吧？能供你在学校无所事事地玩游戏，并能供你吃喝玩乐过一辈子吧？'我听了苏校的问话，不禁羞愧地低下了头，因为我是九华山里的孩子，父母都是收入微薄的农民，家里穷得叮当响，哪有什么资本供我挥霍光阴呢？苏校长见我低头不语，什么都明白了，于是继续凶巴巴地训我：'你这没出息的家伙，不向上进的同学看齐，却学那些扶不上墙的烂污泥！我看，你还是趁早给我滚蛋吧！石梁中学不要你啦！你也好早点出去打工，一边赚点小钱一边玩游戏，谁也不用管你，多自由！滚吧，你最好今晚就收拾铺盖走人！'啊呀，苏校长的话，就像一声响雷，直直地炸在我的心坎上，把那个懒惰、贪玩的旧我炸了个稀巴烂。从此，我完全像变了一个人似的，开始发愤苦读，每天歇灯后，都要在苏校长训斥过我的那盏路灯下，再看一会儿书……功夫不负有心人，后来我终于考上了浙江师范大学政教系，而且还把发奋图强、精进自我的精神贯彻到我整个教书生涯之中，所以，我才成了今天的'友民叔叔'啊！苏校长对我有再造之恩哪！"

已经过去差不多三十年了，当年那盏照得郑友民幡然醒悟，照得他发誓要终身努力的路灯，如今还照在他的心上，所以，他每次见了苏校长，都会变回那个对苏校长感激万分的中学生；所以，今天石中的所有学子，在他眼里，都是可亲可爱的小学弟小学妹。

当郑友民挽着苏校长的胳膊，走到初三队伍旁边时，只听初三

(1)班的孩子,冲他发出了震耳欲聋的欢呼声:"友民叔叔好!""欢迎友民叔叔!""谢谢友民叔叔来看我们!""谢谢友民叔叔也来参加拉练活动!"

原来,初三(1)班是友民叔叔的结对班级呢!他在衢州二中教高一(1)班,早在秋天的时候,他曾让他班里的孩子,从衢州二中徒步走到石梁中学,跟初三(1)班的孩子认了"亲",并给初三(1)班的孩子送去很多文具。这场活动让鼎鼎有名的衢州二中的学子给石中学子送去了鼓励,也让石中学子用吃苦耐劳、坚定不移的拉练精神激励了二中学子,更让名校和普通农村初中的孩子结下了深厚的友谊。

所以,今天,当石中初三(1)班的学生见到友民叔叔时,才都一个个激动得放声尖叫起来。

友民叔叔呢,也激动得放开苏校长的手,跑进孩子们中间,成了一位脸蛋通红、脑袋闪亮、笑声飞扬的大个子学长。郑友民才四十三岁,可额发已落,他干脆剃了个大光头,就像一盏走到哪里哪里亮的路灯,把少年时从老校长哪里汲取的精神之光,传送进了无数学生的心坎……

周旭荣,衢州二中高一年级组长、衢州市语文学科带头人、国家生涯规划师,此刻,也像个青涩又快乐的初中生,亦步亦趋地跟在苏校长身后。

他个子高,头发又卷又蓬,所以,他也颇像拉练队伍里的一杆挺拔的旗子。

"老苏,我从石中调到二中十多年了,但每次听到咱们石中拉练的消息,我都会情不自禁地想起一个让我钦佩不已的人来,你猜猜,那是谁?"

"这个，我可猜不着。在石中二十多年的拉练史上，让人敬佩的人和事太多啦！"苏校长笑着咧开嘴，对周旭荣老师说，"到底是谁，快揭晓答案啊！"

"就是以前每次拉练都背着医药箱，跑前跑后忙个不停地照顾着学生的那个老龚！"

"哦，龚士逞老师啊，确实可敬！确实可敬！"苏校长想起那个退休多年的老教师，连连点头，"老龚简直就是我们石中精神的化身呀！"

"我们要听老龚老师的故事！"这时，有个一边走路一边"偷听"苏校长和周老师谈话的男孩方旭东突然梗着脖子大喊起来，"快跟我们分享一下以前学校老师的老故事吧！"

方旭东一叫，他所在的初三（4）班的孩子们几乎都叫了起来："我也要听老故事！""我也要听老故事！"

"好，那就叫周老师给你们讲讲！是他挑起的这个头！"见学生如此闹腾，苏校长笑得更欢了。

"好吧。大家可听好了啊！"周旭荣老师说着，像上课那样，将左手操在胸前，右手一挥，用悠扬的语调，将大家带进了老龚老师的老故事。

"那还是二十来年前的事了，那时老龚其实已经退休，是学校返聘的老教师。他不上课，主要负责管理学校教室、寝室里的公共财物。每个假期，别人都休息了他却不离开学校。修桌子修板凳，他变成了木匠；粉墙壁漆窗子，他变成了粉刷匠；装电灯接水管，他变成了水电工；剪树枝修草坪，他又变成了老园丁。总之，学校里所有的杂物、杂事他都管。有一年暑假，学校做装修，有个货车司机将一车砖头卸在了校门内侧的甬道边，是他老人家一个人一块砖一块砖地将那一万多块砖头全整整齐齐地码了起来。有人笑他吃饱了撑的没事干，因为假期里学校没啥人，那些砖头乱堆在地上，其实不碍事。但老龚老师说，乱放的砖万一被人拿走几块，谁也不知道，我这样叠得整整齐齐的，校外那些特别爱占小便宜的人就不敢随便来偷啦！

"这就是老龚老师，他就像孙悟空那样瘦瘦的，很灵活，而且会七十二变，学校需要他变成什么，就能变成什么。像前面所说的，他会变木匠、粉刷匠、水电工、园丁、装运工……最神奇的是，每年一到学校拉练那天，他还能变成'无证行医'的医生，身背医药箱，一会儿跑到拉练队伍前方，一会儿蹦到队伍后方，这里看看，那里瞅瞅，只要他发现哪个学生脸色不对，或走路东倒西歪的，他就会跑到他（她）面前，送上关切的问候，送上他们需要的伤湿止痛膏、创可贴、纱布药膏，或别的药丸。

"他跟现在的闻银泉老师差不多，年纪最大，可精力充沛，是学生心目中的不老神、鼓劲机，也是学生心目中当仁不让的一代神医……"

"哇，我也要像老龚老师那样，当神医！"听完周旭荣老师讲的故事，学生们一个个争相嚷道，"我也要当这样的神医！""我也要当神医！"

"其实啊！苏校长也是一个神医啊！"这时，在黝黑高大的周旭荣老师身边，又冒出一个白皙红润、身材矮小的老师。

他就是衢州二中有名的物理老师方银良，十多年前，他也是石梁中学的老师，三十多年前，他也是石梁中学的学生。而且，他还是友民叔叔同师门的学长，是苏校长大学毕业后在石梁中学所带的第一届学生。

"你们都知道，苏校长医好了友民叔叔的'游戏病'，但你们不知道,苏校长这个神医,还医好了我的胆怯病、迟疑病、缺乏自信病! 那时,我在石中读书,成绩不好,个子矮小,家里又穷,总觉得自己没有前途,没有希望,没有明天! 但苏校长就像一团火一样点燃了我,他总说,不要怕,天下无难事,只怕有心人! 他总问,王侯将相宁有种乎? 他总鼓励我,用勤奋去开路,用自信去拼搏,用激情去燃烧,所以,我精神上的这病那病,全被他医好了! 在我心里,苏校长就是最好的神医!"方银良老师说着,用厚实的手掌,在苏校长肩上亲昵有力地拍了拍,又转身继续慷慨激昂地对初三年级的学生说道,"所以,一九九四年冬天,当苏校长第一次提出要带石中的全校师生一起走近百里的拉练路时,很多人都说他疯了,说他简直傻得不可思议,因为这样大规模的集体行动,容易产生安全隐患,可能会让他丢了工作。可我心里很清楚,苏校长就是这么一个敢于冒险、敢于做第一个吃螃蟹的人! 因为他内心充满了无限的激情,他做任何事,我都能理解,也都全力支持! 瞧,我今天就特意调了课,跟着他再一次走上了拉练之路!"

"哇,原来当年为了开创拉练活动,苏校长还被人喊为'疯子'啊! 真是没想到!"方旭东大为惊讶。

同学们也议论纷纷:"嘻嘻,苏疯子! 校长竟然被人喊成'疯子'!""原来,要带我们出来拉练,校长还是冒着风险的呀!""没想到! 没想到! 看似简单的拉练活动,也得来不易,能坚持这么多年,更不容易!"

"来,既然知道拉练活动来之不易,坚持不易,那么,大家就好好走出点样子来吧!"初三(4)班的班主任余建老师这时冲大家拍了拍手,朗声说道,"让我们喊几句口号,感谢感谢校长吧!"

"好,我来想一想!"班里的小才女徐建英忙接过余建老师的话茬,思索了一会儿，然后带头喊了起来："拉练不容易，感谢领头人！激情伴我行，天地任我游！未来无限美，今要多磨砺！"

"好！这口号编得好！"不仅余建老师，就连一旁的周老师、方银良老师，还有前边的友民叔叔，都朝小才女徐建英伸出了拇指。然后，大家一起喊了起来："拉练不容易，感谢领头人！激情伴我行，天地任我游！未来无限美，今要多磨砺！"

口号声霎时响彻天地。

"不，这个口号应该改一改：拉练不容易，感谢每个人！激情伴我行，人生须努力！未来无限美，今要多磨砺！"苏校长喊着自己改过的口号，笑得像个孩子似的，不断用手得意地摸着自己的下巴颏，红色的衣襟被风吹得飘飞了起来，一副岁月不老、青春飞扬的样子。

拉练活动，就这样把石中新、老学子的心，新、老教师的心，紧紧拧在整齐的步伐里。

"我和郑蓉、方晓华等人，都是从石中毕业又回石中教书的老拉练队员了，今天一下子遇到这么多已调离石中的老同事来参加这项活动，真的非常激动！以前，我认为除了老苏，像我和郑蓉、方晓华恐怕是对学校的拉练活动最有感情的人了，毕竟我从一九九四年就踏上了拉练之路，没想到，跟我一样痴情于拉练的老队员，还有这么多。感动！感动！"初三年级的语文老师郑宏林，看着郑友民、周旭荣这些老教师、老同事，一边走路，一边大发感慨。

"我也要！我也要！以后我大学毕业也要像您这样回母校教书，像您这样继续走拉练之路！"不止一个学生冲郑宏林老师这么叫道。叫得郑宏林老师心潮澎湃，眼睛都不由得湿润了。

穿越时空的相会

　　谁又能想到,母校的这面拉练之旗,竟然能穿越二十二载的风霜雨雪、人事更迭,一如既往地引领着全校师生不断地向前挺进!

中午时分，石梁中学的拉练队伍，来到了一个著名的"女儿国"——柯城区万田乡余家山头村。

为什么说这个村庄是著名的"女儿国"呢？据说，这个村庄的始祖叫守益公，他非常疼爱他的女儿，在其出嫁后，每年的正月十八都叫女儿回家享天伦之乐。归家后，女儿对父母自然也十分孝顺。从此，这个村庄出嫁后的女儿，就养成了每年正月十八回家省亲、尽孝的习惯，从而形成了该村特有的"女儿节"习俗。从明代洪武年间，一直留传至今，历经二十二代子孙的传承，至今已有六百多年的历史，"女儿节"还被列入了浙江省第四批非物质文化遗产名录，所以，周围村庄的人，也戏称这个村庄为"女儿国"。

"就在这村边休息、吃饭吧，也可让学生们感受一下这里的孝文化！"苏校长跟副校长徐国祥老师说道。

体育教师出身的徐副校长，做事向来雷厉风行，立即用对讲机指挥学校食堂的工作人员，将装满粽子、牛奶和鸭梨的货车，开到了"女儿国"的村口。

拉练队伍则在村公路两侧的橘地里、晒谷场上、农舍门前,就地停下,就地休息,就地用餐。由每个班派代表统一向食堂的司务长领取食物,再分送到每个同学手中。整个用餐过程,秩序井然,但也发生了很多有趣的小插曲。

跟去年比,今年的午餐除了每人两个粽子,一盒特仑苏牛奶,还多了一个鸭梨。

所以,很多初二、初三的同学都在惊呼:"啊,还有梨啊!""太好了,还有梨!""谢谢梨,不,谢谢老师!"

初二(1)班的姜骏超同学和几个同伴坐在一户人家门前的水泥地上吃粽子、喝牛奶、啃鸭梨,大家说说笑笑间,不料背后突然冒出一个高高壮壮的黑脸大汉,冲他们大声说道:"来来,到我家里去吃吧!"原来是那户人家的男主人出来迎接小客人了,他不仅将几个小男生全请进了家门,为他们泡了热茶,还拿出好多柑子和饼干请小客人们吃哪!

"那是我平生第一次去陌生人家里做客,好难忘啊!"个子不高的姜超骏感慨地说道,"后来走到九华乡顺碓边村的村口,还有好几个老人冲我们的队伍连连喊欢迎、欢迎呢,我永远也忘不了荡漾在他们那皱纹上的笑容!"

是啊,乡亲们那质朴的笑容,如同一盅滚烫滚烫的乡情佳酿,对这些走在拉练路上的孩子来说,也是一种美好的滋养。

初二(5)班的王小燕,家住九华乡周角垄自然村,房子就坐落在公路边。当她经过自己家门口时,发现家里闹哄哄的,有十几个她并不熟悉的男生挤在她家堂前休息,而她的妈妈爸爸正往那些男孩子手里送花生、蜜枣和冻米糖,还一再笑着招呼他们:"孩子,多拿点,多吃点,吃得饱饱的,才有力气赶路呀!"当王小燕跨进家门时,妈妈爸爸眼睛唰地亮了,很自豪地对那些男生说:"这就是我们的宝贝女儿小燕子,读初二啦!"结果把王小燕羞得掉头就走,爸爸骑着电动车追上来,想送女儿一程,被王小燕很坚决地拒绝了。倒是那些男生,捏着从她家里拿来的吃食,笑眯眯地追上来,陪她走了好长一段路,王小燕也因此在拉练路上多了一群"吃货"朋友……

不过,学校提供的粽子、牛奶、鸭梨,乡亲赠送的柑橘、饼干、糖果,这都是孩子们在拉练路上所吃的部分美食。

看,初二(6)班的郑小雅同学,一手抓着粽子,另一手还抓着不老神鸡的鸡翅膀呢!不老神鸡是衢州最著名的卤菜,一盒鸡翅也就十几个,却要卖三十几元。看来,今天为了支持女儿的拉练活动,郑小雅的父母可花了大价钱啦!

不,不对,除了郑小雅,初二(6)班还有很多孩子也在吃不老神鸡,那浓浓的香味,飘散在空中,也吸引了初二年级其他班的孩子们朝他们冲了过来。

"别急,别急,我还有,我这里还有的!"说话的,是孩子们的科学老师王小芳。原来,痛下血本,给大家带不老神鸡来解馋助威的,竟是王老师啊!

当然,拉练路上的午餐,又怎么少得了老师的爱心美食呢!

初二(3)班的郑祺,喝的则是同学提供的友爱鸡汤。因为头天晚上她过于兴奋没有睡好,拉练路上,她越走越困。待吃过粽子午餐之后,她更是昏昏欲睡。为了让自己清醒一些,她故意跑到一个老乡家里去讨开水喝。可从老乡家出来,她竟迷路了,迷迷糊糊地踏进了一片小树林,怎么也走不出去。是同学们拼命喊她,到处找她,才将她从小树林里牵出来的。她笑着说:"我感谢学校的粽子午饭,但我更感谢像粽子一样紧紧粘在一起的同学!"

一则是因为感动于种种的同学情、师生情、乡亲情;一则是想采集各路"吃货"们的各种吃相,初三(9)班的琚凌翔,一边啃着大鸭梨,一边拿着手机,在各个班级的野餐地闲逛着,悄悄地用手机拍录着他的所见所闻。

初三(5)班的吴佳鹏,也在干类似的"勾当",他偷拍同学们躺在石头上、草地上休息时的各种睡姿,更偷拍大家吃东西时大张着的嘴巴,一边偷拍,一边偷笑。

最后,琚凌翔进入了吴佳鹏偷拍的镜头,吴佳鹏进入了琚凌翔偷拍的镜头。两个调皮鬼撞在了一起,不禁相视一笑,你带着我,我携着你,共同去发掘更多的午餐故事了。

他们看到初三(10)班的方田田,因为零食吃多了,又吃了粽子、牛奶、鸭梨,吃撑了,肚子痛,想吐,只好遗憾地爬上了校车……

他们看到初三(9)班的琚昕辰,躲在山边的小竹林里,耳朵上戴着耳机,一手托着牛奶,一手举着粽子,一口牛奶,一口粽子,正吃得不亦乐乎。

"琚昕辰,你的自行车呢?"琚凌翔故意问他,因为早上刚上路时,脑子比一般人"活络"得多的琚昕辰偷偷从亲戚家借了一辆自行车来骑。而且,那车还被他骑得非常高调,因为他耳朵上戴着耳机,嘴里还咬了根棒棒糖,身子故意夸张地扭动着,骑在班级队伍前面,十分引人注目,十分拉风。但是,拉风也是需要代价的。由于清晨气温低,他衣服又穿得少,没过多久,他的双手便冻得通红,又过了没多久,双手就被冻僵了,不听他使唤了,害他差点从自行车上跌下来。他只好乖乖下车,将车子交给老师处理,自己老老实实地走路。

"啊呀,琚凌翔,你就别哪壶不开提哪壶啦!你没见我正在这小竹林里享受世界上最美味的午餐吗?请别打扰我!"琚昕辰边说,边笑着将两位"狗仔队员"赶走了。

"狗仔队员"继续往前走。他们听见初三(8)班的王秀珍正笑盈盈地举着大鸭梨跟同伴说:"我肚子正饿得咕咕叫呢,那辆面包车就来了,是食堂的车子,食堂阿姨还在车里冲我们直笑。难怪她那么开心,原来今年学校给我们准备了一个水灵灵的大鸭梨啊!"说着,王秀珍就"啊呜"一口,朝大鸭梨咬去。

两位"狗仔队员"都扑哧一声笑了。

接着,他们又悄悄往前走,听见初三(5)班的廖紫怡正在同学面前抒发感情:"想到从学校到余家山头的大地上都印着我的脚印,我感到好幸福,所以今天吃的粽子、牛奶和梨,是我这辈子吃过的最幸福的午餐啦!"

"像诗呀,大地上印满了她的脚印!"琚凌翔正笑着对吴佳鹏嘀咕,这时,他的语文老师余美珍来了:"喂,你们走了一上午,还东游西逛的,不累啊!快点回班级队伍里去休息!"

两位"狗仔队员"听了,忙点点头,说:"Yes!""是!"然后笑着对看了一眼,又溜走了。

余美珍老师也慢慢走向初三(9)班的队伍,可她路过初三(7)班时，却发现那位在初三年级写作小有名气的方嘉丹正席地而坐，一边兴致勃勃地吃着粽子、啃着鸭梨，一边跟同学大发感慨："今天我有点头痛，本来是想请假的，可我想到自己已经读初三了，是最后一次参加学校的拉练活动，所以最后我还是和同学们一起出发了。没想到，今年学校还给大家准备了水果，看来我是来对啦！"

"今年的午餐，比去年有进步了！"方嘉丹说着，还跟同学回忆起了去年拉练途中吃饭的情景，"去年吃饭时，本来我和同学们坐在一位老爷爷的院门口吃粽子，可是，那老爷爷很热情，把我们一大群人都请到他家里去了，还泡了热茶给我们'暖暖胃'呢！老爷爷就是这么说的。我很感动，所以最后我把学校发给我的那瓶优酸乳送给那位老爷爷啦！这就叫'民爱军，军爱民'嘛！因为出来拉练的我们，就是一支学生军啦！"

听到这里，余美珍老师忍不住插话："方嘉丹说得真好。我在石梁中学工作了二十四年，除了生孩子那年，我整整参加了二十一次拉练，每一次，都会发生很多'民爱军，军爱民'的温暖故事呢！"她回忆道："头几年，我们出来拉练，学校是不给大家提供粽子的，大家要自带干粮。第一年爬上了高高的九华山，我们坐在山顶上吃干粮，山风冷，干粮也冷，但大家却吃得津津有味，因为大家走了一上午太累了，太饿了。那一次，最有趣的事是，连九华禅寺里的和尚，也端着热水瓶，来给我们这支学生军送热水喝了！因为师傅们太佩服我们啦！去年，最让我感动的'午餐故事'，是关于作家毛芦芦的。她已经从我们学校调出去整整二十年了，可几乎每次拉练活动都要回来参加。毛芦芦，本名毛芳美，是跟我同一年分配到石梁中学教书的。学校第一次拉练那年,她是初一(2)班的班主任,当时学校怕初一学生人太小吃不消爬九华山,要求初一年级走到山底便可返回,可毛老师意志很坚定,带着自己班里的小孩,勇敢地爬到了九华山顶。那天,记得整个学校的师生都在为毛老师和她班里的孩子鼓掌⋯⋯"

"哎呀,这个故事我知道,苏校长不是在去年出发前的动员会上跟我们说过了吗?余老师,快讲讲去年发生在毛老师身上的'午餐故事'啊!"急性子的方嘉丹抓着余美珍老师圆乎乎的胳膊着急地恳求道,"快点言归正传吧!"

"好!去年我们不是在万田乡碓塘底村吃饭的吗?那天中午,毛老师也发到了两个粽子、一瓶牛奶,但她在吃午饭前,先到路边一个宽敞的农家院落里去借用卫生间,结果,她被素不相识的农民企业家童金宏、舒小珍夫妻俩硬拉上了自家的餐桌,和一桌的客人、工人一起吃饭。菜有橘皮鱼头、芥菜、花菜、红烧肉。主妇舒小珍手艺很好,毛老师又是一个特别容易感动的人,所以觉得那顿饭简直赛过人间的一切山珍海味。后来,童金宏、舒小珍夫妻俩还邀请家门前的老师、孩子们都去他们家里喝水、上卫生间。那天,毛老师激动地跟我说,她遇到了一个非常美丽的好故事!同学们,你们觉得这故事美不美啊?"

"美,世上最美是人心啊!"方嘉丹开心地喊道。

"是啊,世上最美是人心!"这时,有个走路一瘸一拐的女孩从他们班休息地的边缘慢慢走了过去,一边走,一边笑着应和了方嘉丹一声。

"啊呀,杜锦瑜,我刚才好像看见你被校车拉走啦!难道,是我看错了?"余美珍老师看着这位比较受关注的初一新生,揉了揉自己的眼睛,惊讶地问道。

"老师您没看错。我在那车上坐了一阵子,脚好多了,就自动要求下车,来归队了! 反正,现在开车的师傅也在休息吃饭呢!"杜锦瑜真爱脸红,就这样简单的几句话,她也红了脸。她飞快地冲余美珍老师摆摆手,身子急遽摇动着,朝初一年级的队伍跑去。

"唉,这么好的孩子,居然被庸医弄成了这样,太可惜啦!"余美珍老师禁不住轻轻为杜锦瑜叹息。

"余老师您别难过,她其实很乐观的,我有次听她班主任齐老师说,杜锦瑜根本就不觉得自己和其他同学有什么区别,她特别坚强的!"方嘉丹如此安慰她的老师。

"那就好! 坚强乐观,是战胜命运的最好法宝!"余美珍老师忍不住感叹……

而此刻,那两位初三年级的"狗仔队员"琚凌翔和吴佳鹏,已偷偷跑到了初一年级休息吃饭的地盘上。

只听初一(2)班队伍里,有个小男孩正大声地说:"我,周雯辉,感谢亲切的面包车,感谢学校送给我的粽子、牛奶和鸭梨! 我吃得太饱啦!"

只听初一(5)班一位女生正对她同伴说道:"琚芳婷,你平时那么淑女,可今天吃起粽子来,怎么变成小母老虎啦?""啊呀,上午走了三十里路,早让我的肚子咕咕、咕咕诉起苦来,面对这么香喷喷、热乎乎的粽子,我怎么还能再保持我的淑女形象啊!"琚芳婷乐呵呵地回应她。

"没想到,初一的小家伙,也这么有趣!"吴佳鹏轻轻对琚凌翔说道。

"就是啊! 哎,你听,好像很多人都在喊什么十个粽子哦!"

确实,仔细一听,初一年级的那些小学弟小学妹们在纷纷议论:
"啊呀,听说有个人吃了十个粽子哦!"

"哇,十个粽子,大新闻呀!"琚凌翔和吴佳鹏不禁相视一笑。

他们拉住离他们最近的一位小学弟问:"你叫什么?几班的?"

"初一(4)班,吴尧磊。"

"请问你刚才吃了几个粽子?"

"三个。今天我走路时碰到了石头,脚指甲都翻了盖,可我坚持下来了,很累,也很饿,所以比一般同学多吃了一个粽子!"

"啊,厉害!脚指甲翻了盖,那么痛,还坚持拉练,你太了不起啦!"琚凌翔情不自禁地夸吴尧磊。

吴佳鹏则追着问:"你知道谁吃了十个粽子吗?"

"知道,就是我们班的陈煜啊!他吃了十个粽子,喝了三盒牛奶,还吃了两个大鸭梨呢!"

"哇!"琚凌翔和吴佳鹏听了,都不由自主地深吸了一口气,"太能吃啦!"

终于,他们看到了全校的第一吃粽子高手陈煜,一位个子高高但满脸稚气的瘦男生,这一刻,他正被同学们英雄似的围着中间,在那里高声朗诵他自己刚写的一首小诗呢:"红日当头照,地上小孩跑。天底青草绿,树上枫叶红。"

"没想到,这个陈煜比南唐后主李煜还有才啊!"琚凌翔忍不住哈哈大笑。

吴佳鹏也笑着嚷道:"文武全才!文武全才哪!"

当然,他们的偷拍行为被初一的小学弟小学妹们发现了,大家齐刷刷地望着这两位高头大马的"狗仔队员"，琚凌翔、吴佳鹏只好"落荒而逃"。

当他们跑回初三年级的队伍时，恰好听见初三(9)班的郑佳妮在请大家猜谜语："一只猪站在一片叶子上，猜一个人的名字！谁猜得到？"可是大家费尽心思也没有猜出来。

最后郑佳妮同学自己报出了答案："朱丽叶呀！"

大家哄然大笑。接下来你一言我一语，越聊越起劲，都忘记了时间，忘记了自己还正在拉练的半路上呢！

就连老师们，也似乎忘了下午还要继续上路呢！你看，初三(3)班的班主任邓红梅老师，跟一个"大龄女青年"聊得正欢，不时笑得前仰后合的。

邓红梅老师正在回忆一九九九年石梁中学"二上九华山"拉练的情景："那年我女儿邓新洁才五周岁，却跟着我们石中的拉练队伍，徒步走了三十多里路，来到九华山脚下，还坚持爬上了九华山。当时，陶雪杉老师看见这一幕非常感动，连忙举起照相机为我女儿拍了张照片。那天，我女儿还坚持'独自'爬下了九华山。下山后她脱了鞋抬起脚给我看，啊呀，脚底有三个大血泡，她却没有喊痛。自从有了这样的拉练经历，我女儿无论干什么事情都不会轻易服输，不会轻言放弃了，因为拉练给她的小小人生上了最好的一课。现在她已经在杭州电子科技大学读研究生了，还念念不忘她五岁时的九华山之行呢！"

"啊呀，我正是遗憾当年没有上过这一课，今天才来补课的！""大龄女青年"激动地说道。

原来，这个"大龄女青年"，是石中一九九四年的毕业生吴光妹。

今天,她是特意赶回来补拉练之课的,因为一九九四年学校举行第一次拉练活动时,她已在当年的七月份毕业了,无缘参与。二十多年来,吴光妹一直为自己没有参加过拉练而遗憾,这一次,她总算遂了二十多年的心愿。

"我是看了班主任陶雪杉老师的微信赶来的,没想到遇见了您。邓老师,还记得您当年教我们数学时,还是一个小姑娘呢!没想到现在您女儿都读研究生啦,时间过得真快!看,我也从当年的黄毛小丫头,变成一个小学生的妈妈啦!"吴光妹说着,不由得感慨万千地拉住了邓红梅老师的手……

是的,时间过得真快!可是,当年的老师、学生,无论今日变成了什么角色,无论时光在他们眼角刻上了几道皱纹,都还能相会在拉练路上,这是多么幸福的事啊!

谁又能想到,母校的这面拉练之旗,竟然能穿越二十二载的风霜雨雪、人事更迭,一如既往地引领着全校师生不断地向前挺进!

时隔二十多年,不仅有那么多已经调离石中的老教师赶回来参加拉练,还有毕业的"老学生"特意赶回来,大家欢欢喜喜地重逢在拉练路上,这真的是个平凡而又伟大的奇迹!

来了一位戴黑纱的阿姨

她不仅陌生,而且手臂上还戴着非常显眼的黑纱,她的脸色也像被秋风揉黄的柳叶一样憔悴。

饭后，当苏校长下达"出发"的命令时，很多孩子都一脸沮丧，因为"奶足粽饱"之后，每个人反而浑身懒洋洋地消了斗志。

"啊呀，我起不来啦，吃得太撑了！"初一（4）班的谭慧琪，坐在地上，高声大叫，"谁来帮帮我，我的脚似乎被502胶水粘住了，寸步难行啊！我真想在原地安营扎寨啊！快，谁来拉我一把呀！"

她一边叫，一边扭头看着同学，忽然扑哧一下笑了起来："呀，那不是郑灿吗？怎么一副奄奄一息的样子啊？喂，郑灿，你平时可是鸡中的战斗鸡，战斗鸡中的老虎鸡，老虎鸡中的母老虎鸡！看来，你要和我比累，咱有的一拼哪！"

"哼，谁要跟你比累啊！比累，谁都可以赢！但是要比谁最能坚持，就难啦！"郑灿回应谭慧琪道，"你有本事给我找找看！"

于是，谭慧琪瞪大了小小的眼睛，四处搜寻着，不一会儿，她就找到了："就是她，吴颜玉一听到重新出发的命令，就一跃而起，此刻已走到班级队伍最前面去了！难道她有什么秘籍吗？"

谭慧琪一边跟郑灿说话，一边从地上撑起身子，追上吴颜玉，问："你累吗？""不累！"吴颜玉淡淡地回答。

"啊呀，难道你是机器人吗？"

"你看那是谁？"吴颜玉指着一个走在她更前头的人问谭慧琪。

"哦，那不是杜锦瑜吗？她不是早就被校车带回学校了吗？"

"不，她又回来了！她在车上休息了一阵子，觉得自己下午又可以跟我们一起并肩作战啦！"

"好啊，杜锦瑜，欢迎归队！"谭慧琪冲杜锦瑜欢天喜地喊道。

"还是欢迎你自己归队吧！刚才我还听你大呼小叫的，要在原地安营扎寨、落地生根呢！"

"哈哈，不敢啦！见了你这副摇摇晃晃但依然努力前行的样子，我哪还敢和谁比累呀？"

于是，几个女孩笑着，一步两步，三步四步，迈着坚毅的步伐，往前赶去。虽是深冬，但村路两旁的女贞树，绿叶还是那么浓密，被风吹着，仿佛是水上的绿色涟漪，在孩子们的头顶上哗哗地翻出了绿浪。不时有鸟儿从女贞树上飞起，竟像鱼儿跃上了云霄……

突然，她们发现队伍中来了一位奇怪的阿姨，她好像是突然从天上掉下来的一个醉汉，脚步踉踉跄跄地掠过初一（1）班，来到初一（2）班队伍旁边，像个跟班老师那样，默默跟着二班的同学，不断往前走去。

说这人奇怪，是因为她不仅陌生，而且手臂上还戴着非常显眼的黑纱，她的脸色也像被秋风揉黄的柳叶一样憔悴。她的身子有点飘摇，但又走得很努力，每一脚都抬得高高的，踩下去的时候，也很用力。她那样子好像是个刚学走路的小孩,真滑稽!不过,她脸上的神情却颇慈爱,慈爱中,又透着一股深深的悲伤和疲惫。再仔细看,这个陌生人的脸,又有几分熟悉哦!

"她是谁?"几个女孩心里都起了同一个疑问。

四班的谭慧琪首先嚷道:"啊呀,这位老师,是我们学校的吗?她干吗走到二班那儿就不往我们这边走了呀?"

"这位老师,好像不是我们学校的,但看上去也有点面熟呢!"杜锦瑜轻轻对吴颜玉说道。

"我们来石中读书还不到半年,哪里认得清咱们学校所有的老师啊?"吴颜玉一边伸长脖子细细观察着那阿姨,一边不自觉地伸手来揪杜锦瑜的袖子,可她却把一个高个子的老师揪住了。

那是班主任齐志华老师。

"喂,你们几个小兔崽子,神神秘秘地在议论什么呢?"

"小兔崽子",这是齐志华老师对所有学生的昵称,因为他自己属兔,他把所有的学生都当成他自己的孩子,所以这些孩子在他心目中自然就是"小兔崽子"喽!

"她是谁?"杜锦瑜、吴颜玉、谭慧琪指着前面那个戴黑纱的女人,异口同声地问道。

"她呀,就是苏校长常常跟咱们提起的著名儿童文学作家毛芦芦呀!"

"哇,她就是毛芦芦?我读过她的好多书呢!书上有她的照片,难怪她看上去有点眼熟。"一向文静的吴颜玉激动地喊了起来。

"我也读过她的好几本书哦!"杜锦瑜也兴奋地叫道。

"她来采访吗?"谭慧琪问齐志华老师。

"她几乎每一年都要回来参加拉练的。以前她是石梁中学的历史和语文老师,曾是初一(2)班的班主任,她带着学生,爬上了高高的九华山。本来,他们初一的学生不必像其他年级的学生那样爬山,可以直接从山脚下走回学校的,可是,她却和她的那些'小兔崽子'们,创造了我们石中拉练史上的奇迹。那还是一九九四年的第一次拉练,听说,当她和那群学校里最小的学生从九华山走回学校时,已经晚上八点半了,天早就黑透了,但沿途村庄的村民,都因感佩于他们那执着的精神,而自动打着火把、举着手电,一程一程地送他们回到了学校!"齐志华老师说着,不禁远远地冲毛芦芦竖起了拇指。

"天啊,我还以为作家都很娇气的呢!原来毛老师这么能吃苦啊!"杜锦瑜惊叫。

"跟你一样啊!"齐志华老师看着额头上出了一层薄汗的杜锦瑜,赞道。

"啊呀,毛老师可是大作家啊!"杜锦瑜羞红了脸。

"可她也是我们石梁中学的人啊!你看,正因为她曾经做过初一(2)班的班主任,所以,她每年在拉练这天,都会尽量抽时间赶回来,陪初一(2)班的孩子们走上整整一天路呢!你看,即使她手臂上戴着黑纱,她也赶来了。我听校长说,今天正是她母亲去世'头七'的日子,她本来不打算来的……看来,我们拉练的魅力真的很大!"

杜锦瑜、吴颜玉、谭慧琪都不说话了,她们望着在初一(2)班队伍旁默默行走的毛老师,望着她左手臂上那圈黑纱在西风的吹动下像乌鸦一样不断扇着翅膀,几个女孩的心里,都忍不住掀起了感动又悲伤的潮水……

同样的潮水,也拍击着初一(2)班男生方顺男、徐志涛等人的心的堤岸。

方顺男、徐志涛是一对好朋友。两人的个子都矮矮的,但方顺男是个圆头圆脑的小胖子,肤色黝黑,浓眉大眼,而徐志涛白净瘦削、一脸雀斑,头发也是黄兮兮、软塌塌的。一看,方顺男就是个憨厚朴讷之人,徐志涛呢,胆子则跟他的人一样,也是小小的、怯怯的。

瞧,此刻,徐志涛和方顺男都在默默观察着刚刚混进他们二班拉练队伍的那个陌生阿姨。

"刚才你听清了没有? 郑老师说她是毛芦芦呢,就是那个作家毛芦芦,你相信吗?"徐志涛压低了声音,轻轻、轻轻地问方顺男。

"我相信啊! 她以前来过我们小学的,她还送给我一本小说《拯救断翅雄鹰》呢!"方顺男往右歪着脑袋,无比自豪地说道。

"她还给你送过书? 骗人的吧?"徐志涛怀疑地笑了。

"你不信,那我们就去问问她!"方顺男急了。

"这……我可不去!"徐志涛将肩一缩,吐吐舌头,连忙躲到一个高个子男生身后去了。

"你不敢,那我自己去问她!"方顺男笑眯眯地把肩膀上的一堆书包往上提了提,猛地从男生队伍里跨了出去。

那时,毛芦芦正跟在初一(2)班班主任郑建辉老师身后,静静地走路,结果,她手臂上的黑纱,突然被一个眉眼漆黑的矮个男生抓住了:"毛芦芦,你是给我送过书的吧? 送过《拯救断翅雄鹰》的吧?"

"啊呀,方顺男,你太没礼貌啦! 你怎么能直呼作家老师的名字呢?"郑建辉老师见自己班里的孩子如此鲁莽,不好意思地笑了,然后呵斥方顺男。

"没事!没事!小朋友觉得我这笔名有趣,常这么喊我的。"毛芦芦被方顺男一闹,怔了片刻后,稍稍有些浮肿的脸上,就不自觉地露出了一丝笑意。

"就是啊,我还知道,你的真名叫毛芳美呢!"方顺男丢开自己的老师,笑眯眯地靠近一步,揪住毛芦芦的袖子,把她的路也拦住了。

"你是哪个小学毕业的?"

"九华乡中心小学,你弟弟的学校啊!你忘了,那天你亲自给我送过'雄鹰'的!"

确实,在二○一五年的春天,毛芦芦曾给柯城区九华乡中心小学送过书,不过,那天她给全校的学生都送了书,她早就不记得眼前的这个小胖墩是谁了。为了不让这孩子失望,她冲他点点头,说:"是啊,我想起来了,我确实亲手给你送过《拯救断翅雄鹰》的!"

毛芦芦的话音没落,方顺男就开心无比地冲他的同学喊道:"告诉你们吧,毛芦芦就是给我送过书的!"

"也给我送过的呀!"初一(2)班有好几个学生都来自九华乡中心小学,这时,他们都大叫起来。

"但我还给毛芦芦的书包上了书套呢!你们包了吗?"方顺男继续自豪地喊道。这下,队伍中没人再吭声了。

毛芦芦感动地深望了这个小男孩一眼,却像发现了新大陆似的叫了起来:"啊呀,你这小家伙,竟然帮同学背了好几个书包啊!"

"哈,你们那些大个子,又欺负方顺男了,是不是?"郑老师望着自己班级队伍最末端几个人高马大却空手浪荡的男生间。

"不是他们欺负我,是我自己要帮他们的。郑老师你别看我矮,我的力气比他们都大呢!"方顺男笑着,自豪地歪起头来跟郑老师解释。

"就是,就是,他是我们班的矮个子大力士!"有个高个子男生带头喊道,很多男生都跟着喊了起来。

方顺男羞红了脸。

毛芦芦望着这个憨厚得要命的男孩,心里滚过一道欢喜,情不自禁地朝方顺男竖起拇指说:"你真是好样的!"

哇,这下方顺男的脸羞得更红了,背着那一堆书包飞快地跑了……

这时,有一个红彤彤的柑橘,突然从路边的柑橘树上朝毛芦芦飞了过来:"毛老师,快接住,我送您的!"

毛芦芦抬头一看,发现从那棵高大橘树墨绿的枝叶间,探出来一张红润、丰满的男孩的脸颊。

"啊,是你呀,小黑胖!"毛芦芦在接住柑橘的同时,惊喜地喊道。

一听"小黑胖"三个字,初一(2)班的同学都哄地笑了。

毛芦芦这才觉得,自己这么喊是不妥当的,可一时间,又想不起那男孩的真名,只好冲着那树上之人招招手:"快下来吧,你已掉队啦!对了,去年你捡的小狗怎么样啦?"

"哇,毛老师你还记得那条小狗呀?可惜,那小狗后来不吃不喝,死掉啦!"说着,"小黑胖"从树上跳了下来,胸前鼓鼓囊囊的,又惹得初一的孩子们发出一阵大笑。

窘得"小黑胖"捂着胸口解释道:"都快过年了,这树上的柑子还没人来摘,我想,摘下来可以给同学们解渴啊,所以就爬上树去了!我这胸前,可都是柑子!"

其实他不用解释大家也知道那是柑子。因为很多农民都在外打工,路边田里偶尔会有一树被人抛弃的柑子,今天,差不多就全成了男生们采摘的目标。

此刻,"小黑胖"捂着胸口一解释,大家笑得更欢了。

"啊呀,毛老师,我走了! 您也去初二(2)班看看吧,大家都很想您呢!""小黑胖"说着,抱着胸前的柑子,一溜烟地跑啦!

毛芦芦听了他的话,也跟着他一溜小跑起来。

初二(2)班是她去年跟过的班,她还真的想念那些孩子了。还有她前年跟过的初一(2)班,今年都升入初三了,她也想去看看……

陌生的"小不点"

这么小的孩子,已经走了整整一个上午,走了三十多里路,为什么还能呈现一副如此甜蜜的表情呢?

"嘿，毛老师好!""毛老师好!""毛老师好!"

当毛芦芦来到初二(2)班的队伍旁，那些去年和她走过长长的拉练之路的孩子们，全都扬起手来，兴冲冲地跟她打招呼。一张张笑脸，就像寒风中的红梅花，全都朝毛芦芦欣然怒放着。

跟初二(2)班相邻的初二(3)班和初二(1)班的孩子们也是如此。

大家走到现在，都比较疲乏了。毛芦芦的出现，就像麦哨，嘀哩哩地吹了一声，钻进孩子们的耳朵，不由得让他们的精神一振。

"我没乱说吧，看，毛老师又来陪我们走路啦!"那个绰号叫"小黑胖"的摘柑橘男孩，这时一边从T恤衫里往外掏柑子，分给同学们吃，一边兴奋地大呼小叫着，"我听说今天是毛老师妈妈'头七'的日子。看啊，她还是丢开她妈，来陪我们走路啦!"

"傅光盛，你怎么说话的呢？你就不怕毛老师伤心吗？"班主任魏秀红老师呵斥"小黑胖"。

毛芦芦隐约听到了魏秀红老师的这句话,才想起这个去年捡小狗今年摘柑橘的高大壮实、肤色黝黑的男孩,名字原来叫傅光盛。

　　这个不知天高地厚的孩子啊,他那么没心没肺地说出的话,还真的像一把匕首一样,直直地刺过来,深深地扎进了毛芦芦的心窝。

　　是啊,今天,正是她母亲去世后的"头七"。"头七"在浙西民俗里,是个很重要的祭祀节日。昨夜,祭祀活动就开始了。乡下老家的堂前,摆满了鸡、鸭、米粿等祭品,她和父亲、弟弟、妹妹一起,几乎为母亲折了一夜锡箔元宝。她母亲因脑溢血瘫痪整整十二年了,家人侍候母亲,也整整十二年了,可是,即使再长的陪伴,即使已经默默地在心里做了十二年的准备,母亲去世,对她来说,也是猝不及防的一场大劫。随着母亲的火化、安葬,她的心几乎完全被那些火焰焚成了灰烬,被那些泥土抱进了怀里。

　　母亲去世的七日来,她何曾好好睡过一觉?

　　今天上午,等她从母亲坟上三叩九拜地爬起来,天空一直在她头顶摇晃,大地一直在她脚下飘摇。她感觉自己就像洪荒大水中的一团泡沫,不知该往哪里漂,才能着陆。

　　这时,响起了手机短信的声音:"芦芦,友民他们都来了,他们没见到你,好遗憾!还有很多学生,也纷纷问我今年怎么没见到毛芦芦老师呢!我知道你今天情况特殊!请节哀!我们都为你加油!"

　　这是苏校长在拉练途中抽空给她发的短信。

　　这短信,顿时在洪荒大水中,给她送来了一根稻草。她想紧紧抓住,她想借用石梁中学全体师生的力,把自己从悲伤的大水里救出去,所以她马上回道:"我母亲的头七祭,基本已经结束,我马上来追你们!"

本来,她已跟苏校长说过,今年的拉练她不参加了,可现在,她改了主意。她开始疯狂地往城里赶,又往石中拉练的方向赶!终于,她在万田小学附近追上了这支旗帜飘舞、士气高扬的队伍——这世界上最富有生机的一根大稻草。

那一刻,她骑在电动车上,忍不住泪如雨下!

她使劲抹净了泪水,把车子往第一个遇见的老师手里一塞,便往初一(2)班的方向跑去,她甚至都叫不出那接她车子的老师的名字呢!

她跑动的脚步是如此绵软,世界依然在她疲惫、混沌的脑子里漂浮。但她又跑得那么急切,仿佛那是去朝圣。所以,她的样子就有些怪异,跑得东倒西歪的。幸好,在各位老师的热心指点下,她很快就找到了她想见的学生。

而一混进初一(2)班的队伍,被那憨厚朴实的方顺男同学一"纠缠",被旁边橘树上的"小黑胖"一闹腾,她就感觉,她的心仿佛被塞回了胸腔,她的人仿佛又活回来了。

是的,一接触到这些活泼可爱的孩子,她那漂浮四散的灵魂,就又聚回她的身体了。

可是,当她听"小黑胖"说她丢弃了她的母亲,来参加拉练这样的话后,她就像被匕首狠狠地刺中了一般,忍不住伸出双臂,紧紧地抱住了自己。哦,她手里还捏着那孩子刚才扔给她的那个柑子呢……

见了她那副样子,"小黑胖"忍不住跑过来,小声地跟她道歉:"对不起,毛老师,我只是见到您太高兴啦,我不是故意要乱说话的……"

"我理解,我理解!谢谢你的柑子啊!"毛芦芦拍拍"小黑胖"的肩膀,然后,故意夸张地举起柑子,把它掰成了两半,掏出一瓣,塞进了嘴里。

"很甜啊！谢谢你！"毛芦芦嚼着柑橘瓣,冲"小黑胖"说,"快回队伍里吧,我要去初三(2)班看看啦!他们跟你们一样,也是我的孩子哦!"

"小黑胖"乖乖地走了,毛芦芦默默地往前走。

可她没走几步,就被一个特殊的女孩吸引了。

那女孩,正走在初二(1)班和初二(2)班的交界处。说她是初二(2)班的吧,毛芦芦并不认识她。说她是初二(1)的吧,她的衣服,跟他们全班那整齐划一的校服又不一样。

"这孩子是谁啊?到底是哪个班的啊?"毛芦芦一边思忖,一边就走到那个女孩身边去了。

女孩见了她,粲然一笑,并没有言语,仍然静静地往前赶路。

这样安静的孩子,此刻,正适合毛芦芦的心境,于是,她就陪着那女孩,在两个班级之间那十来米长的空隙地带,默默地往前走。

毛芦芦个子不高,那女孩也一样。毛芦芦白净微胖,那女孩却黑黑瘦瘦的,一副"铁骨人"①的模样。

你瞧她,虽然比初二(1)班队伍末尾的那些高个子女生矮了半个头左右,但在行进过程中,她脸上一直挂着和悦的微笑,仿佛脚下那长似没有尽头的路,竟是一盅甜酒或是一块香糖呢!什么叫"甘之如饴",你只要瞧瞧她那副安详又甜蜜的表情就知道了。

这么小的孩子,已经走了整整一个上午,走了三十多里路,为什么还能呈现一副如此甜蜜的表情呢?难道她就真的一点不累,真的是铁骨铸就的人吗?

----

① 铁骨人:浙西方言,形容瘦而坚韧者。

毛芦芦跟她一起走了三四里路，也观察了她三四里路，见这个身穿深蓝色运动服肩挎双肩包的孩子，始终微笑着静静地赶路，竟从不曾找队伍前后的同学说话，也没有别人来"骚扰"她一下，毛芦芦的好奇心越来越重。终于，那好奇压过了她心上的所有忧伤，她忍不住上前问了那女孩一声："嘿，你是哪个班的？"

"我已经毕业了，我是衢州三中的学生，今天是特意请假回来拉练的。"女孩轻轻说道。

啊，没想到她已经读高中了！没想到她竟是特意请了假回来"自讨苦吃"的！这在石梁中学二十二年的拉练史上，恐怕还是第一次出现这种情况吧？因为她的情况跟一九九四年毕业的吴光妹有所不同，她是学业最重的高中生。

虽然毛芦芦这个已经调离石中二十来年的女教师，已是第十三次回来参加拉练了，但她还是被那女孩的回答定在了原地，她太震撼了。她万万没想到，这个小个子女生，竟跟她是如此相像——如此迷恋母校，如此喜欢接受拉练的磨砺！

眼看着女孩已经往前走出好远，毛芦芦追问了一句："你叫什么名字？"

"我叫郑凤霞！"女孩站住了，等毛芦芦追到她身边，又轻轻说道，"我在三中读书，功课特别紧，压力特别大，所以特别怀念母校的拉练活动。我初中时跟老师同学走了三年，它让我知道，原来自己可以克服貌似根本克服不了的困难，可以征服貌似根本征服不了的长路！三年的拉练，让我增强了自信，所以我今天又来了，我就想让这样的活动，再鼓励我一次，再给我一些自信！"

啊,这个不声不响的女孩,对拉练活动的意义,竟有如此深刻的表述,真好!

这时,毛芦芦脑子里,不禁浮出了一首小诗,这是石中毕业生、如今在柯城区书院中学任教的朱丽琴老师写的:

那些年,在石梁中学,
拉练时,我们一起走一段长长的路。

那条路,弯弯曲曲,走过我,走过你;
那条路,欢声笑语,近了距离,近了感情;
那条路,吹过风,淋过雨,留过足迹,刻下回忆。

悄悄地,我们从过去,走到今天,一步步超越自己;
慢慢地,我们走过老路,迈向新路,一步步追寻新的目的地。

毛芦芦觉得,把朱丽琴老师的这首小诗,送给面前这位名叫郑凤霞的女孩,正合适。这孩子,那些年曾在石中走过整整三年的长路,今天又回来了,为了超越自己,为了追寻新的目的地,寻到新的动力。

她今天的行走,跟毛芦芦戴着黑纱的行走,虽然目的不尽相同,却都是对拉练活动的一种肯定和依恋。显然,这母校的拉练活动,已化为她们精神上的一股力,能帮助她们更好地前行……

毛芦芦正在思忖,要不要把这首小诗背给郑凤霞听时,有一胖一瘦两个中年男人从队伍前方笑眯眯地朝她逆行而来。

"老苏！"毛芦芦快步迎上去，低低喊了其中那个穿红衣服的瘦男人一声，眼泪竟猛地爬满了她的眼眶。

她想起了二十年前，她在石中教书时，有一回突然接到一封敲诈信，写信人在信中恐吓她，要她在深夜几点几分把钱放在校园某棵树下的草丛里，否则她将有性命之虞。她马上把这信交给了苏校长。是苏校长和另一位男老师一起在那树旁"埋伏"了近一夜，最后把那个"歹徒"抓获了。原来，竟是一个学生看毛芦芦长得瘦弱娇小，在跟她开玩笑。

二十年前，这位苏校长，就像一位兄长那样，帮毛芦芦解决了平生所遇的最"危险"的一件事——尽管那结果竟是一场出人意料的玩笑。而今天，她多么希望这位兄长也能帮她找回母亲，告诉她，母亲的离去，只是上苍跟她开的一个玩笑啊！

可他，哪有这样的本事呢？他能带着全校学生，用二十二年的时间，开创中国教育史上绝无仅有的一项壮举。这二十二年来，他能使离开石梁中学的每一位师生，都对母校的这项活动念念不忘，能使一个个学生在回忆起拉练活动时，都像一九九七届初中毕业生方慧刚那样，无比自豪地跟人夸口："每想一遍拉练，都是一次心灵的净化、升华，原来我也是有故事的人！"是的，尽管苏校长给那么多孩子的青春写下了精彩无比、值得一生回味的故事，可他，毕竟只是个血肉之躯的凡人，所以，这会儿，他只会一脸感慨地望着毛芦芦说："芦芦，欢迎归队！今天，你是最勇敢的人！"

"天，别这么说我，小心孩子们笑话！"毛芦芦听了苏校长这话，望望正好奇地朝他们涌过来的初二(2)班的学生，脸红了。

"确实,毛芦芦你今天能来,不简单!"没想到,跟苏校长一起朝她走来的那个胖胖的陌生人也这么夸她。

"不,我其实是来这里汲取勇气的……"毛芦芦说着,低下头,摸了摸自己手臂上的黑纱。

"芦芦,这是衢州二中的汪啸波老师,你认识他吗?"苏校长在一旁向毛芦芦介绍那个胖胖的陌生人。

"汪啸波? 啊,就是那个在《衢州日报》上开教育随笔专栏的二中语文名师,我们衢州教师队伍里的大文豪?"毛芦芦有点吃惊地望着汪啸波老师,"您怎么也来啦? 难道您也是从石梁中学调出去的? 可我怎么从来没听说过啊?"

"怎么,难道这拉练,一定要石中的师生或者在石中工作、学习过的师生才能参加吗?"汪啸波老师笑了,边说边举起手中的相机,"我是被你们石中师生的精神感动了,所以想来拍几张照片!"

"哦,谢谢您!"毛芦芦由衷地说道。

"看,你都离开石中二十来年了,还把自己当石中人,你这份情谊,跟我的小兄弟周旭荣、郑友民他们一样,也着实感动了我! 不是你要谢谢我,而是我要谢谢你呢!"汪啸波老师也由衷地说道。

"啊呀,你们别谢来谢去的啦! 不就是拉练嘛,快继续前进吧!"苏校长说着,一转身,往队伍前方大踏步走去,汪啸波老师连忙也快步跟了上去。

"哎,老苏,汪老师,我要向你们介绍一位特殊嘉宾——就是这个女孩,你们别看她个子小,她已经是衢州三中高二的学生啦,今天,是特意请了假跑回来参加拉练的……"毛芦芦连忙拉住了他俩,并把郑凤霞推到了他们面前。

"啊,还有这么个女孩?你不说,我还不知道呢!"苏校长大吃一惊。

"感人!太感人啦!"汪老师大发感慨。

郑凤霞羞红了脸。

毛芦芦则开心地笑了。这,还是自母亲去世后,她向这世界展露的第一个发自内心的欢喜的笑容……

深深刻在心里的脚印

　　拉练就像一块试金石，测试出了一个个学生品质上的含金量；拉练也是一块磨刀石，把每一位孩子都磨砺得更加有型、更加闪亮。

白扑扑的水泥路,不断在衢州市柯城区万田乡至九华乡的各个村庄间延伸着,就像一条长无尽头的白蛇,那么婀娜轻盈地在青山绿水间穿梭着,但它的躯体又是那么坚硬,以至于把孩子们的小脚都硌出了血泡。

三十公里左右的路程,已经走了十七八公里,此刻,不仅孩子们累了,就连老师们,也已陷入疲惫。但恰恰也是从此时开始,那勇往直前的意志美;那坚韧不拔的毅力美;那互帮互助的人情美,才像一朵朵鲜花怒放在人们心间,怒放在这江南寒冬消瘦的大地之上。

在郑凤霞那坚定身影的无声鼓励下,毛芦芦暂时没有去找她去年曾经跟过的初二(2)班的孩子们,而是像一个记者那样,在队伍前后不断地奔波着,采集着发生在孩子们身上的一个个动人故事……

她听见初一(1)班的李璐辉说:"走一步,再走一步,慢慢就到了终点!"

她听见初一(2)班的江敏说:"以前,我母亲常跟我念叨,吃苦如吃补,我总不明白,吃苦怎么会是吃补呢?但今天参加拉练,我终于尝到了吃苦的滋味,同时也明白,我是吃到补药了,因为这次吃苦的经历,让我变得坚强!"

她听见江敏的同学郑晨霓说:"最出乎我意料的人竟是我们班的'软妹子'吴思盈,早上就听她嚷嚷肚子疼,可她不仅参加了拉练,不仅走过了这么长的长路,现在还做起了班里的宣传员,鼓励别人不要中途放弃。'软妹子'尚且如此坚毅,我们这些'硬汉子'又怎能服输?"

她听见初一(6)班的方炜琦说:"我们的体育老师徐佳最近在上课时扭伤了脚,却还一直陪着我们一步一个脚印地走,很感人! 通过这次拉练,我更加热爱自己的老师和同学啦!"

她听见方炜琦的同学余彤说:"拉练,是我此生遇到的最美丽的一个故事!"

她听见初二(1)班的吴皓鑫在高声向同学"推销"他刚从路边树上摘的柑橘:"免费赠送鲜甜鲜甜的九华椪柑,要吃的尽管来拿哦!"

她听见初二(2)班的潘诗宇在对路边的一条小狗说话:"你要不要跟我们去石梁中学读书哇? 去年拉练时,有条小狗,就跟我和'小黑胖'一起回学校去做'狗学生'啦!"

她听见初二(3)班的叶玲说:"折磨折磨折磨! 在这呼啸的北风中,我们每迈出一步,脚上的血泡都在痛苦地抱怨。但是,拉练之美,也正体现在这种情况之中。我正累得东倒西歪间,手上突然一空,只见英语老师孙莉红正把我的书包套进她的手臂,并朝我微微一笑,'叶同学,借你书包一用,我最近减肥'! 而她的背上,已经叠满了同学的书包。这时,我的好友欣扭伤了脚,发出一声惨叫'啊!'我和奇同时伸出手,一起扶住了她,我们相视一笑,欣还唱起了歌——'阳光总是风雨后……'这样的活动,虽累,却是我小小人生中最有意义的一段旅程。"

她听见初二(4)班的何婷婷冲个子高高、头发浓密的占家明老师深情地喊:"占老师,您腿本来就有伤,陪我们走了这么久,都走肿了,您快上校车呀!"可占老师笑着摇摇头,幽默地说道:"没事,没事,轻伤不下火线嘛!"

她听见初二(5)班的于方珊跟徐佳燕、叶奇安、方思沂等同学说道:"我要学大禹治水的大禹,三过家门而不入。去年拉练,我经过自己家门口没有进去;今年拉练,我经过自己家门口没有进去;明年拉练,经过我自己家门口,我还不进去!"徐佳燕听了,不由得朝她竖起了拇指:"对对,你就是我们班的真'大于'呀!"叶奇安听了,忍不住大笑起来:"我们班本来就有个'最美衢州人'郑凯奇,现在,又有了'大禹王',我们初二(5)班,还真是威武呀!"

原来,他们的同学郑凯奇,暑假里在九华乡云头村的庙源溪里游泳时,曾救过一个不慎滑入深水潭里的大学生。一个十五六岁的少年,救了一个二十多岁的大学生,这事不仅惊动了新闻界,还惊动了市文明办,郑凯奇也成了"最美衢州人"的候选人。而此刻,这个高高俊俊的"最美衢州人"却羞涩地抓抓自己的头发说:"往事不必再提!往事不必再提!今日的最美人物,还看三过家门而不入的'大于'呀!"

"可惜呀,可惜!"这时,另一个高高俊俊的男生大声嚷道,"可惜我叫余凯琦,跟郑凯奇差了一个姓,不然我也是最美的衢州男儿啦!"

自然,郑凯奇、余凯琦的话,又惹得大家一阵哄笑。

拉练,就是这样,虽然大家一路上走得劳累不堪,却从来不缺乏欢声笑语。

学生们说说笑笑地往前走,把坚强的脚印,深深地烙进家乡的土地。毛芦芦在一旁观察着,聆听着,脸上的忧戚少了,笑意也渐渐地浓厚起来。

她听见初三(9)班的张雨蝶用美国作家莫顿·亨特《走一步,再走一步》一书中的名言来鼓励同学:"我提醒自己,不要想着远在下面的岩石,而要着眼于那最初的 小步,走了这一步再走下一步,直到抵达我所要抵达的地方。这时,我便可以惊奇而自豪地回头看看,自己所走过的路程是多么漫长!"

她听见张雨蝶的同学李云霞说:"脚上生泡,磨破,再起泡,再磨破,就这样,磨去了我的娇气,磨去了我的小公主病。"

她看见初三(3)班的叶佩文因为鞋不合脚,脚上起了血泡,所以打了赤脚在走。看似平坦的水泥路上,砂石其实很多,叶佩文只好小心翼翼地踮着脚走,让人想起《安徒生童话》中那个在刀尖上跳舞的人鱼公主。叶佩文告诉毛芦芦:"其实我也想过放弃的,可我遇到了老班主任姜芬芳老师,她表扬我很了不起,三年来,都是自己坚持走下来。正是她这句轻轻的鼓励,让我这个'赤脚大仙'又坚持了下来……"

在拉练队伍中,毛芦芦不仅看到好几个"赤脚大仙",更看到了许许多多个"铁拐李":初三(3)班的陈子腾,脚上的血泡被鞋子磨破了,痛得他走路东倒西歪,只好把好朋友的肩膀当成了拐杖,这时,有辆公交车缓缓驶过他的身旁,车上有个亲戚冲他使劲招手,要他上车,他却摇摇头,拒绝了。初三(4)班的方凯是个扛旗手,可他的脚走痛了,为了不与前面的队伍拉开太大的距离,他就不时地用旗杆挂一下自己,始终跟着前面的队伍。初三(9)班的赖亚婧一手拿着一个苹果,与好友分着吃,另一手则与好友挂着同一根枯枝,那场面,可谓典型的"同甘共苦"。初三(10)班的黄莹和郑婉萍则一直手拉着手,你做我的拐杖,我做你的拐杖,相互依靠,相互搀扶着默默向前走。

路上,还有很多很多毛芦芦没来得及弄清名字就匆匆从她眼前走过的同学,他们就像一组组移动着的感人的电影画面,不由自主地打湿了她的眼睛——

一位女生拄着拐棍,驼着腰,脸上滚动着汗珠,脸颊通红,像是生病了。旁边的女同学见了,马上将她的书包从她肩上一把拉了下来,背到了自己的背上。当拄拐的女生还一脸茫然没有反应过来时,"抢包女生"已经一把扶住她的胳膊,搀扶着她一起踏上了漫漫长路。

一位小男生掉队了,坐在路边默默地揉脚,一脸沮丧,眼里爬上了委屈的泪花,一副随时要躺倒的样子。这时,来了两位高个子大姐姐,一人拉着他的一只胳膊,轻轻把他架了起来,扶着他慢慢向前走去。

一位胖胖的女孩走着走着,突然"啊哟"大叫了一声,随即蹲下身子,紧紧按住了脚脖子。显然,她的脚扭了。可当老师赶到她身边问她需不需要他背时,她却笑着说:"俺这大包子才不要你背呢!"胖女孩不仅坚强地迈开了脚步,更逗得同学哈哈大笑。因此,大家的脚步都不由自主地加快了……

"走走走,我们小手拉小手,走走走,我们一起去郊游!"孩子们牵着手唱。

"让我们肩并肩,手拉手,在那海边悬崖下看浪花……"孩子们拄着由简易的木棍、竹枝做成的拐杖唱。

"我们永存着一颗童心,你的手暖了我的心,我的梦暖了你的路……"孩子们相互搀扶着、团结一致地唱。

"累也不说累,苦也不说苦,慢慢就战胜了自己,慢慢就走向了长大!"老师和校长也陪着孩子们一起唱……

啊,这一个个十三四岁的"软妹子""小鲜肉",就这样,在拉练路上,在老师的言传身教之下,学会了允当硬汉,学会了彼此搀扶,学会了大声歌唱,学会了永不言弃地坚毅前行,真切体会到了什么是吃苦如吃补,在苦累的坚守中,学会了如何笑对生活,培养出了自己幽默的气质,写下了一个个感人的拉练故事。

像初一(2)班的方顺男,当拉练队伍走过九华乡沐二村时,正好路过他的家门口,他妈妈还在门前小溪里洗衣服,可当妈妈唤他回家歇一下时,他拒绝了,急得外婆连忙拿着牛奶和苹果追出家门,塞到外孙手中,看外孙背上背着一大堆书包,心疼得眼泪汪汪。"啊呀,外婆,你外孙我可是班里的'大力神'啊,你应该为我骄傲啊!"憨厚的方顺男,居然如此安慰他外婆,直接把外婆心疼的泪水,化成了欢喜之泪。

像初二(3)班的江偲琪,因为好友吴梦洁脚痛,她竟然和同学胡茵、方孪她们一起装脚痛,陪着吴梦洁慢慢地走,以至于几个女孩集体掉队了。那感人的一幕,禁不住让人想起了美国作家琳格的那个著名的短篇小说《苏珊的帽子》。在琳格笔下,苏珊因为患癌接受化疗而掉光了头发,不得不戴着帽子去上学,没想到,等她进了教室,发现她的每位同学都跟她一样戴着帽子呢！而咱们的吴梦洁，因为脚痛，走路一拐一拐的，没想到，她的一群好朋友，马上感染了她的脚痛病，以至于让她看到了同学最真挚最无瑕的友谊……

像这种"因祸得福""因祸得笑"的事例，在拉练途中，还有很多很多。比如初二(1)班的江浩在休息时不慎从"众园"门口的假山石上摔了下来，结果惊动了全班同学，惊动了一个又一个老师，看大家焦灼地围着他转来转去，江浩反而扑哧一声笑了，因为他第一次意识到自己在同学老师心目中的重要地位！比如初二(4)班的余家鑫，因为鞋子踩进了烂泥，同学黄嘉俊带他去自己家里刷鞋。眼看着儿子和余家鑫已追不上大部队了，黄嘉俊的爸爸就一手拽着一个男孩，带他们从村边小路上一阵急追，最后，将两个小男生安然无恙地送进了初二(4)班的队伍。因为那双脏鞋，余家鑫不仅与黄嘉俊加深了友谊，更认识了这人世间的一位好爸爸……

"长大了，我也要做这样一位好爸爸！"余家鑫与黄嘉俊爸爸告别后，不禁低声地嚷了这么一句。刚巧，他的话被同学们听到了，惹得同学们一阵哄笑！

几乎同时，在初一(4)班的队伍里，也传出了一阵哄笑，因为有位名叫吴晶晶的小男生，正在感叹："拉练之累，就像牛耕地！啊，没想到我今天变成一头老黄牛啦！"吴晶晶一边叫唤，一边还夸张地做了个牛耕地的动作，夸张地呼哧呼哧地喘着粗气。他的表演很成功，不仅逗笑了同学，还引得一位老教师做出了比他更顽皮的举动。

这就是学校里的摄影师闻银泉老师，他背着照相机，骑着自行车，从一个斜坡上往下溜，然后转了一个弯，又从下面快速地冲上来，就像演杂技那样,惹得斜坡上面和下面的同学都开怀大笑,惹得大家纷纷冲他嚷道:"闻老师,你比我们还调皮啊!"

闻银泉老师见自己达到了目的,忙骑着自行车去队伍前方"煽风点火"了。

不过,闻银泉老师毕竟只是个假顽童,搞笑的效果,不如初一(3)班的真顽童祁登亮强。因为祁登亮无论走到哪个村庄,一旦听见狗叫,他就会学上一阵,逗得同学捧腹大笑,因此他成了大家眼中的可爱"小乐豆"。

无独有偶,当石中的拉练队伍走到万田乡桥头汪村时,路边有个胖胖的老爷爷也冲着孩子们学了两声狗叫,啊呀,见大家听得直乐,他又一脸严肃地向大家敬了个军礼——这,显然是个退伍老军人,深知拉练的艰辛,因此向孩子们献上了他的欢乐礼和崇高的敬意。

看到这一幕,毛芦芦不禁想起了七年前的一次拉练活动,那天,石梁中学的学生在石梁镇中央方村遇到过同样感人的一幕,一位干干瘦瘦的老人,肃立在寒风呼啸的村口,久久地举着手,向石梁中学的学生军敬礼、敬礼、再敬礼。

现在在杭州师范大学读书的江书杰,当年才读初一,但许多年来,他最不能忘记的就是这一幕,他在写给毛芦芦的信中曾这样动情地说:"永远忘不了那个老人的身影,是他那只高举着向我们敬礼的手,让我真正体会到了拉练的严肃意义,让我战胜了自己孱弱的身体,让我赢得了一步一个脚印、踏踏实实走完三年'长征'之路的胜利,而且,还能在每一次拉练路上,不断地唱歌、喊口号,鼓励同学努力向前,和大家一起写下了我们青春诗篇中最辉煌的一页。"

这一条特殊的"长征"之路,这平凡而辉煌的一页,现在,是李璐辉、江敏、郑晨霓、方炜琦、余彤、叶玲、于方珊、方顺男、祈登亮、叶佩文等孩子在走,七八年前,是江书杰和他的同学们在走,而二十一年前的第一次拉练,则是毛芦芦的学生周小峰、杨益飞、盛鹏飞、郑云飞、方锦红、梅裕锋、毛光武、傅云芬、郑月华、李桂花、余欣欣、郑雪仙等孩子在走。

那年,初一(2)班的"六枚指"男孩郑云飞,因为带了满满一书包吃食,一出发就大口大口地吃了起来,结果,吃多了,才走出不足十里路肚子就绞痛起来。急得班主任毛芦芦差点哭鼻子:"郑云飞,还是先让医护车拉你回学校去吧!"

"不,不,我才不当逃兵!"郑云飞一边捂着肚子,一边一蹦一跳地往前蹿。但不一会儿,他就吃不消了,蹲在路边,一张瘦削苍白的脸上,爬满了泪痕。

班长周小峰向他跑去,但还没接近他的身边,郑云飞就哭着大喊:"我不回去,我就是不回去!"

"不……我……是来背里(你)的!"周小峰说话口齿不是很清晰,却有一副最热的心肠。他飞奔到郑云飞身边,蹲下来,把背脊对着郑云飞说:"上来吧!"

"这,这……"郑云飞呆住了。

"快,就让班长背你走一程吧!"班主任毛芦芦这时也跑到了郑云飞身边,笑着说道。

"那……好吧!"郑云飞扭扭捏捏地答应着,慢慢爬到周小峰背上,一张蜡黄的脸,顿时激动得绯红。

"哇,周小峰背新娘子喽!"班里两位最调皮的男生杨益飞和盛鹏飞同时大笑起来。

急得郑云飞在周小峰背上大叫:"我才不是女人呢!"

有杨益飞、盛鹏飞一闹,郑云飞一叫,初一(2)班的人全笑了。

如此走了五六百米,轮到周小峰大叫了:"啊呀,我……背不动啦!"

郑云飞个子虽小,原来分量并不轻呢!

可郑云飞下了地,依然紧紧捂住肚子。怎么办?这时,杨益飞冲盛鹏飞递了个眼色说:"咱们来扛这小家伙一程,如何?"

"好啊,好啊,谁叫咱俩平时老背着毛老师偷偷欺负他呢!"盛鹏飞说着,首先冲郑云飞弯下腰,用右手箍住了他的左腿,杨益飞连忙冲过去,用左手箍住了郑云飞的右腿,两人同时一用力,就把郑云飞高高抬了起来。

当然,这顶人力轿子一迈步,就赢得了所有人的注目。

毛老师在叫好在鼓掌,初一(2)班的每个同学都在叫好,都在鼓掌。一会儿,苏校长赶过来了,他也禁不住为杨益飞和盛鹏飞的善举大声叫好、热烈鼓掌……

在同学、老师、校长的鼓励下,杨益飞、盛鹏飞一直把郑云飞抬了七八里路,直到郑云飞大喊:"快放我下来,我肚子不痛啦,一点也不痛啦!"这时,他们才光荣地完成了他们的"任务"……

这是毛芦芦此生最难忘的记忆之一。

这也是让毛芦芦爱上拉练的最重要的原因,正是拉练,让她看到了深藏于学生内心的美德和潜能;正是拉练,让她发现了平时不易看到的那些顽皮学生的优点。

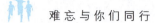

拉练就像一块试金石,测试出了一个个学生品质上的含金量;拉练也是一块磨刀石,把每一位孩子都磨砺得更加有型、更加闪亮。

二十二年来,无数石中学子,就是这样,用拉练这块试金石和磨刀石,不断测试和磨砺着自己,把自己不屈的脚步,深深地刻在了浙西大地上,也深深地刻进了自己的心灵。

手拉手，我们一起走

此刻，已经很少有人在独行了，不是你牵着我，就是我牵着你，不是你扶着我，就是我扶着你。

还剩下最后的十公里啦，这时，拉练队伍已离开九华乡政府的所在地沐一村，从青潭村拐了个弯，算是正式踏上了归途。之前的旅程，就像一汪水，都是往外慢慢漾开的，走了一大圈，孩子们就像用自己的脚步在衢城西北部挖了一个大大的池塘，可现在，这个池塘已经在收口了。

拉练队伍已经远不如早晨出发时那么整齐了，孩子们都累了，所以脚步都有些踉踉跄跄了，远远望去，这支队伍，有点像一根歪歪扭扭的麻绳。可是，这麻绳，又是多么坚韧多么感人的一根麻绳啊！有一半左右的孩子，都跟同伴拉着手。尤其是女孩子们，此刻，已经很少有人在独行了，不是你牵着我，就是我牵着你，不是你扶着我，就是我扶着你。

恰如初二(1)班的班主任郑蓉老师说的那样："每次拉练，在让大家学会吃苦，理解坚持不懈的真正含义之外，还让大家收获了满心的感动和一辈子的友谊。一九九四年我是石梁中学的学生，我参加了学校的第一次拉练，拉练回来，只觉得自己的心和同学们贴近了很多很多。后来，大学毕业后我又回到石中教书，我已参加了十七次拉练，每一次，同学们手牵着手，你帮我、我帮你的画面，总是格外让我感动。"

是的，石中的拉练，就是这样的一根友谊绳，每一个孩子都是这绳上的一条细细的麻线。路很长，但线比路还长，大家的感情，又比线更长。

毛芦芦是一九九四年石中第一次拉练时初一(2)班的班主任，如今二十多年过去了，当年初一(2)班的那些学生一起聚会，往往都会说到类似的话："咱们是谁啊？都是参加过石中'长征'的老同志啊！那么小的时候就相互搀扶着走完了看似根本不可能走完的长路，这辈子，还有什么困难能吓倒咱们？这辈子，还有什么东西，能割断咱们的革命友谊？"

当年的那些孩子，有些做了孩子王，有些成了银行经理，有些自己开店成了大老板，有些做了公务员，有些坚守在家乡的土地上做农民，有些则成了漂泊在远方的打工者。无论哪个孩子，不管生活是幸福如意的，还是命运多舛的，谁的心里，都不会忘了当年的那次"长征"，都不会忘了当年的友谊。

今天的孩子也一样。

初一(1)班的李梦玲，今天穿了双稍微有点"内增高"的鞋子，走了没多久，脚后跟就有些疼痛了。待走到最后的十公里处，已然成了一个"小跛子"。

"哈哈，真是一个娇小姐呀！"有男生笑她。

这一笑，正好被李梦玲逮住了："嘿，少爷，你过来！"

男生乖乖地走过去。李梦玲将手狠狠压在他手臂上，把整个身体的重量都传递到了他的身上。

"哇，你这娇小姐是石头做的吗？好重！"男生一边大声叫唤，一边却半背着她走了好几里路……

初一(2)班的徐燕走着走着突然被别人扑倒了。原来，大家都在喊累，而徐燕说她还有力气，同学罗婧婕一边嚷嚷着"背我一下，背我一下"，一边突然扑到她背上。结果，徐燕由于没有准备，害得两个人都跌在地上，差点摔个嘴啃泥呢！同学们大笑，徐燕和罗婧婕也笑。在那阵朗朗笑声中，徐燕爬起身，马上蹲在罗婧婕面前说："来吧，我背你！"

罗婧婕没想到徐燕真的愿意背她，连连摆手说："算了，算了！"

"上来吧，我看你也是真累啦！"

在徐燕的真挚邀请下，罗婧婕迟疑地趴上了徐燕那窄窄的背脊："我别再把你压趴下啊！"

哪想，这回，徐燕背起她，竟一阵风似的走了好一段路。

"够啦，我不累啦，快放我下来吧！谢谢燕子！谢谢燕子！"罗婧婕因为感动，真的感觉自己不累了。

而徐燕有些自豪地说："我也要谢谢你啊，让我证明了自己的能力！"

徐燕虽然把罗婧婕放下了，可她俩的手却久久没有分开。这一段短短的拉练之路，竟让原本关系平平的她们，成了一对好闺蜜。

走着走着，一位名叫王家俊的同学也冲徐燕走了过来，开玩笑推了她一下道："你也背我一下吧！"

大家哄堂大笑，而徐燕羞得面红耳赤。

这一幕,被徐燕的表哥看到了,他误以为王家俊是在欺负他妹妹呢,就冲过来揉了王家俊一把。王家俊没提防,身子一晃,跌进了路边的一块菜地,两脚还踩进了一片稀泥。

大家以为这下王家俊要生气了。不料,他竟然迅速地从菜地里拔起一根蒜苗,装模作样地欣赏着那根蒜苗说:"啊呀,我下来看看蒜苗哦! 这个蒜苗,长得不错嘛,跟我一样,很英俊呀!"

一场争吵,就这样被王家俊幽默地化解了。同学们开心大笑。徐燕表哥了解了真相后,友好地冲王家俊伸出了双手……

在石中的拉练路上,像这样的故事还有很多很多。

初一(5)班的女同学王军在拉练前曾因踩到了碎玻璃脚受了小伤,她今天不仅没有请假,而且一路走下来,始终没有掉队。她的坚韧让男生佟佳豪佩服不已,他几次上前,问王军需不需要他搀扶一下,王军都笑着摇摇头:"没事,我没事!"

"她那倔强的微笑,也像一面班旗啊! 能和这样的同学经历一场拉练活动,从此,坚强二字就算刻进我的骨头里,永远也洗不去了!"佟佳豪悄悄跟班主任徐晓辉老师如此说道。

徐晓辉老师笑着回应:"我也一样。我每次带着学生参加拉练活动,都要被学生感动呢。你们的坚韧不拔和团结友爱,都深深地刻进了我的骨头里!"

初三(1)班的班主任郑亚萍老师也有同样的感慨,她告诉毛芦芦:"我们班有个小女孩因为累了,竟抽抽搭搭地哭开了,还嚷着要上校车,结果在我的鼓励带动下,被同学们搀着走完了全程。其实,拉练之路走到一半的时候,许多男生都变成了勇士,开始一对一地帮助女生,帮女生背书包，搀扶着女生默默往前走。走到最后的十公里，几乎全班同学的小手，都挽在了一起，这情景正如一首老歌中所唱的'只有行路人，最理解行路人，脚下的路越长，心中的爱越真'。"

是啊，平时连跟对方说说话也会感到害羞的男生女生，在拉练路上，却勇敢地手牵着手，走完了漫漫长途。正如初一（1）班的童柯嘉说的那样："最后的十公里，大家你扶我，我扶你，让我真正懂得了友谊的真谛和集体的温暖。原来，友谊不在于甜言蜜语，而在于默默的行动。"

且让我们看看初三年级的学生是怎么默默行动的吧。

初三（4）班的谢永辉，班中个子最小的男生，可他在石梁中学经历了三次拉练，每一次他都是"大力士"，因为他每一次都要搀扶其他同学，搀到最后，他往往还得背上其中身体最弱的一个同学。跟谢永辉同班的徐庆，拉练出发后没走多久就喊脚痛了，可坚持到最后的十公里，他肩上却扛了五六个男女同学的书包。

初三（5）班的郑佳雯说："个子几乎比我小了一半的她，一直在走，一直在笑。她的笑，就像阳光一路照耀着我。"又说："我们班男生发明了一个'接力赛助人法'，就是男生用木棒拉女生走，像接力赛交接接力棒那样，一个个男生轮流牵着体弱的女生。女生则给男生送水，送零食吃。直到今天，我才明白，我的班集体是多么有爱！"

作文高手汪子灵也是初三（5）班的，她竟然在拉练休息的间隙如此写道："屠格涅夫说'人生之最美，当是一边走，一边捡拾散落在路边的花朵，那么，你的人生，都将芬芳美丽。'今天，朝阳慵懒地躲在云层后，只流泻出几缕金光。我抱着双手，放在嘴前吹着热气，企图得到温暖，可它总是化成缕缕白烟，从我眼前飘散。这时，我与好友佳佳已经落队。两个人拄着从田野里捡来的树棍做拐杖，步履蹒跚地走着。'哎——真要累死啦！'我一手叉腰，一手拄着树棍，对佳佳说。佳佳回头看到我那衰样，关怀道：'你还能走吗?'我看了她一眼，只见她虽然额角布满细汗，但是步履还是比较坚实的。我说：'要不你先跑去，跟上队伍！''那怎么行，我走了你一个人怎么办?'佳佳气鼓鼓地说道，扶着我的手紧了紧。我的目光从她的一脸坚定上移开，鼻子一阵发酸。我的视线落到了前边我们班那绿色的班旗上。我想起了运动场上我们班体育健儿在这班旗的召唤下奋力拼搏的情景。那一抹代表着生机和希望的绿色，代表着我们班辉煌战绩的绿色，晃花了我的眼，在风中召唤着我。我扭头对佳佳说：'我们一起跑吧！''啊?'她困惑地眨了眨眼。我没有说话，而是将拐棍丢在了田野上，拉过她的手，奋力向那抹绿色跑去。这时，那些所谓的无力、脚痛、疲惫，都变得无所谓了。终于，我们追上了自己班的队伍。啊，人生之最美，需要我们在岁月绵延的堤岸上一边行走一边探寻，就像今天，这样一次普通的拉练，却让我找到了难以忘怀的美！"

拉练，原来，是这些少年小小人生里最美的历练啊！因为他们不仅在艰苦的跋涉中发现了自己的意志之美，更发现了同学间、师生间的情义之美、人性之美。

看，初三(7)班的张倩文走着走着，实在走不动了，想蹲下不走了，等着校车司机来接她，可是，一双绽开着血泡的赤脚却停在了她面前。脚的主人要来扶她。她感慨万千，结果，反而一下子站了起来，一把搀住了那位"伤兵小姐姐"。于是，一路上，两位女生互相搀扶，你请我猜猜谜语,我给你说说笑话,一直坚持着朝终点走去。

跟张倩文同班的郑慧紫也有类似的故事,班里一个同学想放弃,她劝她默默迈开了脚步。后来,郑慧紫累得一屁股坐在地上,同学以为她要放弃了,又来劝她。等她们相互搀扶着往前走时,才发现她们不知不觉掉队了,而全班同学正笑着在前面等着她俩……

而初三(10)班的巫馨虹讲述的故事,也是那么美丽那么感人:"昨天买东西,她像疯子一样跑来跑去,拼命往袋子塞吃食。可今天走了好几里路,她才发现,零食买了那么多,水却没有带。'活该!'我一边骂她,一边却把自己的水递给了她。一路上,她都在问我:'快到了吗?''快了,快了!'一路上,我本来都是她的安慰,可后来,我的脚插进了沙堆,她却扶着我坐下来,帮我脱掉鞋子,帮我拍净了鞋子里的沙砾,还帮我将鞋子轻轻地穿上……忽然觉得,拉练真好,因为它让我与好友加深了友谊。而和好友一起面对困难,难道不也是一种幸福吗?"

其实,石梁中学的拉练活动,还让一些完全陌生、只有片刻交集的同学之间也结下了难忘的友谊,写下了互相扶持、互相鼓励的难忘故事,给了他们人生很多幸福的启示。

看,在同学们搀扶着默默前行的队伍一侧,学校的校车正缓缓地行驶着。车上的老师、校医在时刻注视着车窗外的学生。司机随时准备停下来接收"伤兵"。

突然,车内传出了一个女孩的尖叫:"让我下去,让我下去!"

这叫声惊动了走在车旁的好多人,还以为车内有人在争吵呢!大家很担心地望向车内。这时,那个尖尖细细的女声又响了起来:"司机叔叔,停一下,我要下车!"

"算了吧,没多久就快到学校了!"司机回答。

"不行,我肚子已经不痛了,我要下车,我要自己走,我要尽力而为!"女孩坚持。

于是,司机只好把车停下来,让女孩下车了。

一个普普通通、清清瘦瘦的女孩,没想到竟那么自觉、固执,非"尽力而为"不可。

女孩跨下车的时候,很多不认识她的初一学生,都噼里啪啦为她鼓起掌来。女孩有些害羞,同时,脸上也泛起了一点小小的得意之色。

可是,她却撞见了一个走路一跛一跛的小妹妹。

她并不知道,这小妹妹也曾是校车上的乘客之一;她更不知道,这小妹妹,早在中午时,就比她更强烈地提出了下车的要求,理由跟她差不多,就是想让自己"尽力而为"地用双脚走得多一些、更多一些。

她对这小妹妹的一切都并不了解。可是,她只望了这小妹妹一眼,看她一歪一扭地在大冬天里走得热汗涔涔的倔强模样,就忍不住冲过去冒昧地挽住了她的手——啊,她被那小小的手吓了一跳。因为这小妹妹的手掌是软绵绵的,是捏不拢的。她看出这小妹妹也想友好地握一握她的手,可她做不到……

女孩一阵心疼,忍不住问:"你叫什么名字啊?你这身体,是从小就这样的吗?"

"我叫杜锦瑜。我这样子,是因为一次医疗事故造成的呢!"小妹妹笑着回答,"不过医生说只要多锻炼,我十八岁之后会好起来的,所以我现在都在积极锻炼,今天就是个好机会哦!我要跟你一样,尽力而为！"

杜锦瑜说着用右手抹了抹额上的汗珠。握着她左手的那女孩，忙撒开她的手，从自己背包里掏出一包餐巾纸，抽出一张，塞进了杜锦瑜的手里，又从包中掏出三个费列罗巧克力，塞进了杜锦瑜的口袋里，说："加油哦！我先去前面找我的班级啦！"

"哎，姐姐，你叫什么名字？是哪个班的？"杜锦瑜问。

可那女孩却笑着说了句："我是初二的，我的名字叫'尽力而为'！"

说着，那"尽力而为姐姐"就跑走了，杜锦瑜将行动不便的左手放进口袋里，轻轻碰着那几个圆圆的巧克力，心里涌上了一股暖流，就跟那巧克力一样甜蜜、馨香。

啊，这一条艰苦崎岖的拉练之路，还真是一条甜蜜又馨香的幸福之路啊！

就像初三(1)班童雯琦在诗中所写的那样：

> 走在脚下的是路
> 走在心上的是坚持
>
> 这是一条最美的路
> 有一路的欢声笑语
> 有一路的坚持不懈
> 有一路的坚强意志
>
> 这是一条最痛的路

有一路的水泡

一路的腰酸腿疼

也是一条温暖的路

有一路的同学陪伴

有一路的老师陪伴

一路上我们懂得了互相扶持

一路上我们享受着阳光的抚摸

这一路我们患难见真情

寻得一生挚友

懂了师心可贵

夕阳西下

我看见终点在前方

我看见胜利在前方

我看见未来在前方

也像初二年级的语文老师方秀琴所写的那样：

喜洋洋兮，石中人也；

石中人兮，行远足也；

行远足兮，路漫漫也；

路漫漫兮，积跬步也；

积跬步兮,至千里也;

至千里兮,砺吾志也;

砺吾志兮,扬青春也;

扬青春兮,石中人也;

石中人兮,喜洋洋也!

特殊的拉练者

这个孩子比哥哥更黑,脸蛋上有明显的两块高原红,耳朵大大的,嘴巴宽宽的,门牙小而交错着,看上去,有点像童话里的孩子。

"来，我带你认识一个特殊的拉练者！"这天下午，走到九华乡下坦村的邵氏读书台前，苏玉泉校长找到毛芦芦，郑重其事地把她拉到了初三(3)班的队伍旁，指着一个脸蛋黑红、鼻梁高挺、中等个子的帅男孩说："这个男孩，为来参加我们的拉练活动，曾在火车上站了三十多个小时呢！"

"真的假的？站三十多个小时，还不累瘫？今天还有力气走路？"毛芦芦一脸疑问地看看那个男孩，又看看苏校长。

"他真是在火车上站了三十多个小时，才来我们学校的，不过那是去年三月来校求学，不是昨天专程坐火车来参加拉练的。"老苏见自己"吓"到了毛芦芦，龇着一嘴黑黑的烟牙，眯着一双细长的眼睛，得意地笑了，神情跟初二队伍中的那些调皮男孩毫无二致。

"他到底来自哪里呀，需要坐三十多个小时火车，不，是站三十多个小时火车？"

"他是个藏族男孩，叫见措洛如，来自四川省阿坝藏族羌族自治州松潘县燕云乡卡亚村，是我们学校学杂费全免还给包吃包住的最特殊的两位学员之一，另一位就是他的弟弟邓登足，邓登足现在读初一。"

"啊，咱们学校现在还有这样的学生啊！记得十多年前，就有过三个学杂费全免而且包吃包住的藏族学生，听说后来他们都考上了不错的大学，找到了挺好的工作呢！"

"是啊，这个见措洛如和他的弟弟邓登足，就是当年的藏族学生郎加足的侄儿！去年春节期间，郎加足给我打电话，说他的大侄儿非常想到叔叔读过书的石梁中学来求学，问我可不可以像当年收下他那样收下他的侄儿，我二话没说就答应了。结果，去年三月下旬的一天，他们家乡还一片冰天雪地的，郎加足的父亲，也就是见措洛如的爷爷，就带着见措洛如踏上了千里迢迢的求学路。从他们家出来辗转到成都，就要花十多个小时，从成都到我们这儿，他们只买到了站票，所以一直站了三十多个小时才到衢州……"

"哇，这学生，确实太特殊啦！"毛芦芦惊叹。

"不，不，我一点也不特殊啊！"见措洛如听了，在一旁连连摆手。

这时，他的班主任裘根香老师走过来说："为了锻炼自己，他今天什么也没有带呢，无论吃的还是喝的，他都没带，他就想学习革命前辈的长征精神！"

"其实有不少同学跟我一样的，什么也没带，就想更好地考验自己、证明自己。学校不是为我们准备了粽子、牛奶，还有水果吗？这就足够啦！我们的队伍看上去确实很像一支长征的队伍，可我们现在的条件跟那时的革命先辈的条件比起来，不知好了多少倍呢！"见措洛如其实不是个善于表达的孩子，说完这几句话，他都窘得面红耳赤了。

"对了,你什么也没带,那你背上的这个书包是谁的呀?"毛芦芦问。

"是女同学的,他助人为乐呢!"走在见措洛如旁边的一个男孩笑着说道。

"方嘉敏,别乱说! 背这么小的一个包,算什么助人为乐啊!"见措洛如更窘了,忍不住用手捂住了自己的眼睛。

见状,毛芦芦笑了,苏校长也笑了。裴根香老师也笑着说:"见措同学呀,跟我们本地的孩子比,显得特别憨厚、朴实呢,也格外的乖巧,老师无论叫他做什么,他都会不折不扣地完成的!"

当然,裴根香老师这一夸,更加把那个藏族孩子羞惨啦! 他抱着头,刺溜一下就蹿进了自己的队伍。

他的同学们也善意地笑了。

不远处,那个充满书香气息的读书台,也正微笑着默默地注视着这群活泼的学子。这个读书台,初建于唐代,是一个俗名邵庆元、法号完贞的僧人所建的石头诵经台,南宋时又有僧人禅定在此诵经。禅定圆寂后,这里就成了读书人专门用来读书的地方,自宋至元,这里出过五个进士。现存的三层砖木结构的楼台,是民国时重修的。

"带学生们从这里走一走,希望咱们石中的学子,也能从这里汲得一点灵气哦!"苏校长指指读书台,跟毛芦芦说道。

"那是一定的,这股文脉,到了今天,只会越来越兴旺啊!"毛芦芦感叹。

"走吧,还有一个孩子,就是见措洛如的弟弟邓登足,你也要去见一见啊!"苏校长说着,大步流星地逆着拉练队伍,朝初二年级走去。

臂戴黑纱、连日劳累的毛芦芦,虽然两腿有些发飘,但还是快步跟了上去。

终于,他们在初二(3)班的队伍里见到了邓登足。这个孩子比哥哥更黑,脸蛋上有明显的两块高原红,耳朵大大的,嘴巴宽宽的,门牙小而交错着,看上去,有点像童话里的孩子。

初二的孩子,对毛芦芦算是老熟悉了,所以一见她要采访邓登足,就有人冲她喊道:"毛老师,你知道吗?邓登足本来是个小和尚呢!真正的小和尚,可被他哥哥带到我们这里来读书啦!"

"啊,是真的吗?"毛芦芦跟初见他哥哥那样,惊讶地问道。

"真的,我小学五年级就去我们村的卡亚寺庙念经啦!我们的活佛要我去寺庙当和尚,我父母也同意,可我叔叔和哥哥劝我来这边念书,说这个学校好,既能学到知识,还可以看看世界,开开眼界,有不一样的人生!"弟弟虽然年纪小,但比哥哥更善于表达一些。

也许,这话他已经跟老师同学说过几遍了,所以说得很流利。

"还记得你当时念的经文吗?"毛芦芦很好奇地问邓登足。

"不大记得啦!"邓登足抓抓头,一笑,露出了一对好玩的小门牙。

"你哥哥来这儿,是你爷爷送的,你来,爷爷送你了吗?"

"没有,我是哥哥带我来的。去年我十一岁了,有哥哥带着,我也不害怕啦!"

"可是要三四十个小时的车程,近五千里路啊!"

"都是坐车的嘛,我们村里到松潘县有小面包车,松潘县到成都有大巴车,成都到衢州又有火车!"

"那你们第一次来时,家里给你们买了卧铺票没有?"

"没有,那次我和哥哥来,有座位的,挺好的!不比第一次爷爷带哥哥来,站了三十多个小时!"

哥哥见措洛如为到石梁中学来求学,在火车上站了三十多个小时,看来,这故事要一直在他们家族里流传下去了。

"那你爷爷是做什么的呀?"毛芦芦又问邓登足。

"以前我爷爷是放牛的,后来老了,就由我爸爸妈妈放了。爷爷就不干活了。"

"那你们家有多少牛啊?"

"五六十头牦牛吧!"

"哇,是牦牛啊?"

"对呀,我们那里只有牦牛啊!"孩子说着,自豪地笑了,"你见过刚出生的小牦牛吗? 有大羊那么大! 我们家里本来也有羊的,可被人偷啦,家里就更穷了! 幸好我叔叔来你们这里读书了,现在毕业也开始做生意了,家里条件好多了!"

当邓登足说着这一切时,边上的同学都在静静地听。这一切,对我们浙西的孩子来说,都好陌生好新鲜呀!

"你在家里走过这么远的路吗?"毛芦芦把话题转到拉练上来,问。

"放牛时也走过很远的路,但那都是山路、泥路,我走不惯水泥路,所以脚还是有些累!"

"加油哦!"苏校拍拍邓登足的肩。

他的班主任廖献祥老师也鼓励他:"快了,还有最后的三分之一路程啦!"

大家一路走,一路说话,不知不觉,又从邵氏读书台前的大路上走了过去。

没想到,哥哥见措洛如,居然在路边静静地等着苏校长和毛芦芦。

"毛老师,我想告诉你一个故事,那就是我为什么想来这里读书的原因!"见措洛如走到毛芦芦身边,声音很轻但很认真地对她说道,"那时我才六七岁,苏校长去我们家家访,因为我叔叔是石中的学生。记得那天我是和叔叔走路去松潘接苏校长的,我们一大早就出发了,可一直走到下午才到县城。后来,接到苏校长后,有个老乡用面包车把我们拉回村里,苏校长一直抱着我坐在他的腿上,那时,我觉得叔叔的这个校长,是世界上最好的人,所以,我从小就在心里默默发誓,要到石梁中学来读书!"

说到这里,见措洛如激动得直喘气:"那天,爷爷带我来到衢州,是苏校长亲自去火车站接我们的。他给我一个人专门安排了一个寝室,现在,我和弟弟住在一起,我们一天三餐都是免费吃食堂的。星期六、星期天,学校食堂不做饭,校长还专门给我们指定了一家名叫'长子'的饭店,让我们长期在那里吃,吃一次饭记一次账,我们自己想吃什么就点什么。每到过节,苏校长还带我们去他家里吃饭呢!我觉得能来这里读书,真的很幸福!能来参加拉练,真的很幸福!"

这不善言辞的孩子,说起这些心里话时,却说得异常流畅。

"你们嘀嘀咕咕聊什么哪?"苏校走得比较快,见毛芦芦和见措洛如聊得那么投机,就在前面高声问道。

"嘘,保密!"见措洛如将右手食指竖在唇边,说道。

"好的,我就问他,你叔叔是怎么来这学校的,好吗?"

"好!"孩子笑了,英俊的脸上有几颗青春痘若隐若现。

毛芦芦笑着冲孩子挥挥手，去追苏校长，问他见措洛如的叔叔郎加足为何会跨越五千里的长路，来石中求学的。

"这事还得从校友巫雪峰二〇〇一年去四川省阿坝藏族羌族自治州松潘县川主寺镇中学支教说起。巫雪峰的事迹上了《衢州日报》，里面提到阿坝地区孩子求学非常困难。我看到报纸后，就主动与巫雪峰联系，问他能不能选几个家境贫困的少数民族孩子来石梁中学读书，学杂费、住宿费、伙食费可以全免。巫雪峰对我的提议很赞同，当年就选了三个孩子来试读，结果除了有个孩子因父母舍不得她长期在我们衢州生活，最后没加入石梁中学，留下了一男一女两个藏族孩子。女孩仁真郎磋，是在我们石中读的高中，高考考得很好，现在在阿坝地区的乡政府工作；男孩就是见措洛如的叔叔郎加足，后来他顺利考入衢州一中，又考上海南一所大学，现在在家乡自主创业，一直对母校石中念念不忘呢！"

"哦，苏校长，您竟然主动把石中的大爱播撒到四川藏族地区去啦！这个跟拉练活动一样，也是您的创举啊！"

"什么创举呀？我只想尽力而为多为孩子们做点实事而已！像巫雪峰、郎加足这样的学生，走出校门，还能对我们母校念念不忘，像你和友民这样的教师，调离石中多年，还能经常回来参加我们的活动，这就是我最大的成功啦！"苏校长说着，郑重其事地伸出手来，和毛芦芦紧紧地握了握手。

突然，他们的手上，又加了一只手，毛芦芦抬头一看，原来是航埠镇初中的黄孝忠副校长来了！

黄副校长用力摇了摇苏校长和毛芦芦的手，哈哈一笑，对苏校长说："我也是从石中调出去的,我也回来参加拉练了,我的回来,算不算你的成功呀?"

"那当然,那当然!"苏校长激动地点着头,把眼睛笑得完全眯了起来,"老黄,你是怎么过来的呀?"

"我今天上午有两节课,课后,我开车到石中,又特意叫人把我带到了这里,就为了陪你走一程啊!"老黄说着,挽住苏校长的手,大踏步往前走去。那两个人到中年却依旧坚挺的背影,格外感人。

这不禁让毛芦芦默默地朝他们伸出了点赞的拇指,见措洛如也做了同样的动作。

巧的是,这时,有个手里抱着一件红棉袄的老师,也从后面追了上来:"老苏,老黄,等一下我!"

"啊,杨建宏,你今天居然穿了一件红棉袄来拉练?"见了那老师手中的红棉袄,毛芦芦其实知道那是学生的衣服,却故意这么问。

"哪里是我的!是初一(6)班的女生傅雨欣的,我看她抱在手上很累的样子,就把它接过来了,我告诉她,等回到学校,直接去传达室领棉袄就是!嘿嘿,那女孩乐坏了,而我这一路上,就像抱了一个棉袄宝宝呢!"杨建宏说着,得意地摇起了手中的红棉袄,就像走在队伍前头的旗手,摇起了他手中的拉练之旗,既活泼可爱,又意气风发。

这个杨建宏啊,也是从石梁中学调出去的老师,已在衢州二中教数学近十年,也算衢州市的权威数学老师了,而且还写得一手好文章,是真正文理兼通的大才子。没想到,他今天回来参加拉练,却摇身一变,变成了调皮的小男生。

"哇,今天有这么多老教师回来参加拉练啊!我要把这事写信告诉我叔叔,因为他也念叨着哪次要回来再参加一回拉练呢!"见措洛如感慨地呢喃。

"那请一定记得代我问候他!"

"好啊,好!"见措洛如笑了,一柱阳光打在他脸上,黑黑的他,笑灿灿的牙齿好白!

这个从小和爷爷奶奶一起放牧的藏族男孩,一定想不到,自己的生命中竟能有缘遇到这样一群人,遇到这样的奇迹。

最后一个休息点

他们说说笑笑，唱唱跳跳，连博物馆院子里的那些老石桥、古民居，仿佛也跟着一起活蹦乱跳起来。

走啊走，最后十公里，最后九公里，最后八公里……

走不惯水泥路的藏族男孩见措洛如和邓登足在坚持。

本来和几个闺蜜躲上面包车想偷点懒，最后，却因全班同学在等她们而心甘情愿下车走路的王文静等同学在坚持。

不小心流了鼻血落到了队伍后面的阳丽丽在坚持。

为自己的小脚丈量了那么多路程而自豪的郑雨欣在坚持。

还有那么多的旗手，那么多的"歌手"，也在坚持。

天冷，风大，无论是喊口号还是唱歌，都比在室内费劲多了，可这一路上，歌声和口号声，始终就没有停过。

一路上，孩子们见到老人家，往往都会挨个儿喊过去："爷爷好！""奶奶好！""老公公好！""老婆婆好！"

一路上，每经过一个村庄，孩子们都会很卖力地喊学校的校训："校兴我荣！校衰我耻！努力学习！为校争光！"或喊自己班级的口号:"释放激情,超越自我,一班未来,由我主宰!"……

一路上,也有很多孩子,喊出了他(她)自己个性鲜明的口号,喊出了他们自己的心声。

初一(1)班的佟佳美喊:"拉练也要爱护环境,我们不要用垃圾伤害河流,不要用脚步伤害小虫,因为它们也会痛,也懂爱!"

初一(3)班的郎高阳喊:"背上那犹如我好奇心般重的书包,踏上那犹如红军长征般的路程,我一步步坚持,一步步攀上胜利的巅峰!"郎高阳的同学喊:"拉练,我最好的新年礼物! 坚持的脚步,告诉我已长大啦! 同学之间的友谊,告诉我世界如此美好!"

初一(4)班郑灿喊:"因为拉练,我的十四岁多了一份自信,多了一份担当,也多了一份美好的回忆!"

初一(5)班的郑雨霏喊:"我们都是平凡的人,但只要坚持不懈,就可以通过努力追求梦想,登上人生的高峰,让生命不平凡!"

初一(6)班的江雯欣喊:"感谢我的好姐妹陈南平在我走不动时一直搀扶着我;感谢我的老师方秀琴帮忙背书包;感谢拉练,让我看到了同学的真情!"

初二(5)班的黄卓琳喊:"用汗水和意志铸就最美之花,拉练,你是每个石中人灵魂上的一场暴风雨!"

初三(1)班的徐佳梅喊:"拉练,这是一次锻炼意志的机会,是一次收获感悟的机会,是一次成长的机会! 拉练,是开在我们心里的最美之花!"

初三(3)班的王鹏喊:"拉练就是让我们破壳而出的行动,坚持就是我们破壳而出的动力!"

初三(5)班的龚灵慧喊:"初一的拉练是顿号,是刚入行的新水手,没有经验但精力充沛;初二的拉练是逗号,是已当了很久的仓库管理员,不用脑也不费心;初三的拉练是句号,是老水手最后的一次远航,大家都格外珍惜这最后的机会!"

初三(9)班的郑方健的口号最简单,但也最响亮:"拉练,拉练,拉响青春号角,练就强健体魄!"

初三(9)班的郑俊超是旗手,他的口号也与众不同:"噫吁兮,拉练之难,难于上青天。我是旗手,负重赛跑。但我用意志用毅力跑赢了自己!"

啊,孩子们喊着喊着,路越来越短了,不知不觉,就来到了拉练之路上的最后一个休息点——位于九华乡上铺村的衢州人文博物馆。

衢州人文博物馆,亦称众园,位于上铺村青峒峰下,占地面积约3.33万平方米,建筑面积约1.11万平方米。馆中共收藏和迁移了清代古民居达4300余平方米,并按照"修旧如旧"的原则,修缮明清古民居、古建筑。同时,馆内还收藏和整理了历朝历代各类古董近两万件,使濒临消失的古民居文化得到有效的保护发扬。

这个博物馆门口,青峒湖碧波荡漾,沿湖的石头,奇形怪状,非常惹孩子们喜爱。初二(2)班的王羽琴一见到那些石头,就激动地喊道:"哇,这些石头太好玩啦,有的像大公鸡,有的像老鹰,有的像绵羊,我的好奇心被它们勾得好痒啊!"

王羽琴的话音刚落,就听苏校长用洪亮的声音喊道:"原地休息!"

校长话音刚落,初三(10)班的余梦琳也大喊了起来:"啊呀,校长您这一声喊啊,就像一缕阳光照到了黑暗的大地,就像干旱时节的一场甘霖,我就像溺水的人抓住了浮木,恨不得一屁股坐到地上呀!"

其实,所有的人都恨不得一屁股坐到地上呢!而且,确实有九成左右的学生,真的齐刷刷地席地而坐了。

每次拉练途中,当校长下达"原地休息"的命令时,学生们的反应差不多是一样的——都会迫不及待地一屁股坐在地上,不管地上脏或不脏。

此刻,孩子们那么齐刷刷地席地而坐,看得一个个老师都忍俊不禁:"起来,起来,得找个合适的休息点啊!"于是,在各班主任和跟班老师的吆喝和引领下,一个个班级都花了几分钟时间,找到了各自的休息地点,就像一群彩色的珠子散落在衢州人文博物馆门前的湖岸上、石头群中。

很快,那碧盈盈的湖水和奇巧的石头群,都一齐飞出了甜蜜的笑声。

大地的力量就是这么神奇,孩子们只挨着她坐了片刻,一个个便又变得生龙活虎了。他们说说笑笑,唱唱跳跳,连博物馆院子里的那些老石桥、古民居,仿佛也跟着一起活蹦乱跳起来。

这时,石中的老校友老教师、衢州市的名师郑友民,正和初三(7)班的学生坐在一起,他拿着摄像机要求大家拍一段小视频,送给恰逢今天结婚、曾在石中参加过三次拉练活动的学长。同学们在班主任余利英老师的指导下,拍得十分认真,几乎每个人,都对着镜头为学长送上了一句吉祥话,为他的新生活送上了最美的祝福!

这事,让该班的方媛瑜感到无比兴奋,她不仅对着镜头大声喊道:"学长,请拿出拉练的劲头来面对你的新生活,那么,生活中的一切艰难困苦都会被你战胜,日子里的甜蜜幸福也一定会朝你涌来!"她还悄悄告诉余利英老师："将来长大后,我结婚,也希望能收到母校的小学弟小学妹在拉练路上送给我的这份最美好的礼物!"

老校友、大学长、小学妹的心就这样被这场拉练活动,紧紧连接在了一起!

这时,学校里年纪最大、编写拉练口号最多的班主任黄首龙老师看学生们都在休息、喝水、吃零食,就拿着一个塑料袋,四处去向学生们"讨垃圾",把学生们的餐巾纸、饼干包装纸、饮料瓶都一一收入囊中。由于他的榜样作用,别的年轻老师,还有一个个孩子,都自觉地捡起了垃圾。最后,大家休息的地方,不仅没有留下一点垃圾,而且,比孩子们到来之前还干净多了。

这时,初一(1)班的阳丽丽,在去离博物馆不远处的一户农家上厕所时,看到有个七十多岁的老奶奶,正拎着一桶猪食要去旁边的小屋里喂猪。那老奶奶青筋毕露、瘦骨嶙峋的手不仅让阳丽丽感到很震惊,而且,还使她对老奶奶产生了巨大的怜悯之情。她不顾疲惫,忙冲老奶奶跑了过去,一把抢过了她老人家手中的猪食桶……

这时,初三(4)班的同学,把老朋友毛芦芦团团围住了——原来,初二(2)班升上初三时,有一大半学生都被编进了初三(4)班,难怪,当毛芦芦找到初三(2)班时,发现初三(2)班没几个她认识的孩子。

哈哈,二班变成了四班,而且,男孩子们的个子明显长高了一大截,但不变的是孩子们的热情。

跟别的男生相比,个子相对矮小的谢永辉,像初一第一次拉练时一样,一看见毛芦芦老师,就从衣兜里抓出一把瓜子,塞进毛老师手心,说:"给我的老朋友吃哦!"

温婉秀丽的女生赖丹义,看上去依然一副文文弱弱的样子,但是,她的手边却高高竖着一杆班旗。拉练之初,这杆旗是由男生扛的。最后的旗手,几乎每一年都成了这个纤细文静的女生。

"毛老师,毛老师,你听听,我今年的嗓子喊哑了没有?"穿着一件男式夹克的女生熊甜甜,这个来自云贵高原的民工孩子,皮肤像去年一样,依然黑红黑红的,但脸颊已经圆润多了,眼睛也水灵多了,仔细看,已不再像个假小子了,不过她走路依然风风火火的,她是班里的体育委员。只见她飞快地冲到毛芦芦身边,喊道:"今年我的口号不比去年喊得少,可我的嗓子已被练出来了!"

"是啊,你差不多都可以去当歌唱家啦!"毛芦芦笑着回道。

"毛老师,这一路上,我都在默默地想,我在心里写了一首小诗呢,要不要背来你听听?"班里的大帅哥徐庆这时挤到毛芦芦身边,轻轻问道。

"好啊,好啊! 快背!"毛芦芦惊喜地喊道,"记得去年徐建英同学也在休息地写了一段散文哦!"

"我要轻轻念给你听!"徐庆白皙的脸羞红了。他迈开长长的腿,走到一旁,将毛芦芦招手叫了过去,轻轻念道:

走不会陌生,路不会改变
在石中人眼里,走是兴奋,路有激情
时光带动二十二年的征程
每年十二月,是文化月
拉练都闪着翅膀如约而至

我们全校师生一起走

每一步跨出去,都是我们成长的脚印

路旁的每一棵树,都是我们坚持的见证

二十二年,漫长的记忆

承载着无数石中人的青春年华

十二月,一年的结束,一年的开始

拉练,连接着我们的过去与未来

二十二年,

每一次拉练都是难忘的记忆,都满是开心的泪水

路很长,但快乐一直与我们同在

作为石中人,我感到无比自豪

二十二年,二十二年,二十二年

一个永远不会被遗忘的词,

我会用一生去铭记母校的荣光

啊,徐庆念完了,白皙清秀的脸上满是羞赧的红晕。

毛芦芦严肃地望着他。他渐渐低下了头。他觉得一定是自己这首诗太差了,才让毛老师皱起了眉头。

没想到,沉默了片刻,毛芦芦眼里却泛起了泪花:"真好,你的二十二年,把我感动到了!谢谢你!你的诗让我想起了一九九四年第一次带学生爬九华山的情景!二十二年,漫长的时光,可我们石梁中学一

直在坚持,一茬茬孩子在拉练中长大,拉练成了我们最美好的共同记忆,我也在拉练中认识了你们,你写得太好啦!能做这诗的第一个听众,我真幸福!"

看毛芦芦如此感动,徐庆眼眶也不由自主地红了。幸好,这时,大眼男孩翁俊杰凑了过来,兴奋地说:"我也想了一首诗呢!"说着,他就大方地念了起来:

春去秋来

人来人往

路都在等待

等待着石中人去拉练

在学生眼中

拉练是兴奋,是激情,是拼搏,是成长,是成熟

在老师眼里

拉练是义务,是责任,是引领,是坚持,是坚守

二十余年,学子在变,路在变

不变的,是那份记忆,那份期待

这母校的期待

使我坚强

使我成长

让我懂得

我们必须用更多的汗水来筑我们未来的路

哇,又是一首好诗啊!

没想到,拉练不仅锻炼了学生的毅力,磨砺了学生的意志,而且,还给了孩子们这么多创作的灵感。

看来,写诗、作文真的是贵在有真实体验、真情实感啊!

作为一个儿童文学作家,毛芦芦一连遇到了两首好诗,自然很兴奋,可因为"母校的期待"让她突然联想到了母亲的期待,她眼中又盈盈泛起了泪花。

"谢谢你们!谢谢你们送我的这特别的礼物!"毛芦芦伸手拍了拍两位比她高出许多的男孩的肩,怕自己真的哗哗流起泪来,于是,匆匆从初三(4)班孩子身边逃开了。

远远地,她听到一个女孩在对同伴说道:"听说毛老师的妈妈刚过世,她一定很伤心。今天看到她,我特别感动,也为她难过……"

初三的孩子,已经很能照顾老师了。

其实,能带着这些可爱、懂事、聪慧的孩子踏上拉练之路,老师,不仅是肩负重任的引路人,也是一个幸福的收获者。

看,正在毛芦芦一个人站在一块大石头下悄悄抹泪的时候,初一(2)班的方顺男笑眯眯地冲她跑了过来:"毛老师,给,这颗糖果给你!"

一颗快被捏烂了的怡口莲,带着孩子满手的温暖,递到毛芦芦手中,毛芦芦忍不住含着泪,笑了。

胖乎乎的方顺男跑走了。毛芦芦目送着他冲回自己班的休息队伍,却看到初一年级的两个最特殊的人物,都在一旁坐着呢!

藏族男孩邓登足正搂着一个同学,两人有说有笑地在吃一盒闲趣饼干。薄薄的阳光照在他黑红黑红的脸蛋上,他的笑容也跟阳光一起在荡漾。

跛足女孩杜锦瑜,也微笑着挤在同学中间,和大家一起分享着零食,和大家一起分享着长途跋涉过后休息的甜蜜时光。

"水来啦,我请大家喝水哦!"突然,杜锦瑜的班主任齐志华老师拎着一箱矿泉水走了过来。"我要,我要!"同学们叫嚷着,一哄而上,齐老师的身影立刻被同学们的身影和笑声淹没了⋯⋯

"杜锦瑜,你坐着,我帮你去拿水!"在那一片人潮涌动中,只听有好几个男孩、女孩同时这么叫道。

"谢谢,谢谢!"杜锦瑜连声说道。

就这样,由老师自己出钱购买的爱心水,通过一双双手,带着爱心传递到了杜锦瑜手中,传递到了更多人的心中⋯⋯

而同学、老师们那相互辉映的笑脸,和青峒湖里的柔波一起,和青峒湖岸边的奇石一起,分别被两位老教师拍进了自己的照相机。这两位教师,其中一位就是来自衢州二中的汪啸波老师,他身高体胖,红光满面,汗影闪闪。一条极有特色的背带裤,一件灰黑格子的棉质衬衫,配上那归国华侨似的雍容气度,使得他走到哪里都是那么显眼。面对他手中的照相机,有些孩子会闪躲,但面对他那一脸慈爱又灿烂的笑容,所有的孩子都会被他感动。

很多人都在低声议论他——

"听说,这个汪啸波老师既没在我们学校读过书,也没在我们学校教过书,可今天他竟然也来了!"

"是啊,是啊,我刚才还偷偷问过校长了,校长说汪老师并不是他的同学,也不是我们其他老师的同学,更不是我们学校的学生家长。可以说,这个汪老师,和我们石梁中学半毛钱关系也没有呢!可他还是来参加我们的拉练了!他是我们二十二年拉练史上的第一个'外人'哦!"

"听说,他还是衢州的大文豪呢,是二中里最会写作文的老师!没想到这么厉害的人,也对我们的拉练感兴趣啊!"

"见到他,我更加为自己走过的路自豪啦!"

……

孩子们纷纷议论着,没想到,又一架照相机轻轻地对准了他们。

对于这架照相机,他们已经熟视无睹了,所以谁也没有闪躲,反而一个个都很大方地冲那照相机、冲那拍照的人,露出了最甜美的笑脸。也有人冲摄影师大声地打招呼:"闻老师好!""闻老师,您一路上反反复复地跑来跑去为大家拍照,您不累吗?快坐下好好休息一下吧!"

"好,好,谢谢!"身材不高,但精干结实的闻银泉老师笑着答应道,却根本没有坐下来歇一歇的意思。

"来,闻老师,吃截甘蔗吧!"这时,毛芦芦来了,将一截甘蔗硬塞进闻老师手中,还"没收"了他的单反相机,闻银泉老师只好乖乖地坐下来啃起了甘蔗。

也真是奇怪了,毛芦芦和闻银泉老师其实并没有真正在石中做过同事,闻银泉老师也比毛芦芦年长了十五六岁,可是,他俩却是一对忘年交。因为闻银泉老师在教学之余,也做一些编辑工作,请毛芦芦这个从石中调出去的作家写过几篇序言和其他稿子。毛芦芦虽然跟他接触不多,却对这位从教三十多年的乡村教师产生了深深的敬意,因为他对工作是那么认真,对学生是那么关心,对朋友是那么热忱。他虽然已经退休了,可是对天地万物,还有着赤子般天真又炽热的爱……

"汪老师,您也坐下休息一下吧!"远远地,闻银泉老师见汪啸波老师还在忙碌,不禁挥手冲汪啸波老师喊道。于是,两位摄影师隔着几百个学生,相视一笑,在那些学生的记忆里,烙下了非常美好隽永的一幕!

是老师，也是学生

在拉练的路上，唯有坚强的人，善良的人，
互相团结的人，才是真正的老师！

青峒湖边，毛芦芦正在翻看闻银泉老师相机里的照片，苏校长却在一块大石头上、在一群教师的围簇下，冲她招手喊道："喂，毛芦芦，快过来见见丁利明老师，他早就说想认识认识你呢！"

毛芦芦连忙跑了过去。

一见面，丁利明老师就冲毛芦芦伸过手来，爽朗地笑了："哈哈，终于见到你啦，传说中的神奇班主任毛芦芦！原来你长得如此……如此娇小呀！"

"神奇的班主任？"毛芦芦看着长相敦厚又一脸睿智的丁利明老师，不好意思地拍了拍自己的脸颊，"我这一生中，总共只当过一年班主任，'神奇'二字，又从何说起？"

"咱们学校第一次拉练时，你不是唯一带着学生征服了九华山的初一年级的班主任嘛！你的故事，已经在石梁中学流传了二十二年啦！"丁利明老师说着指指苏校长，"刚才我还问他，这么多年拉练之路走下来，哪件事是最让他感动的，他就说啊，那年，当你带着那些初一的小孩子爬上九华山顶的那一刻,他是最感动的! 当年你可是初一年级唯一的女班主任,却偏偏是你,偏偏只有你,将班里的五十几个孩子带上了九华山,这事,是我们石中拉练史上的一个奇迹啊! 你在我眼里,当然是个神奇的班主任啦!"

"哈,当年,要不是我班里的孩子们强烈要求跟初二以上的学长学姐们一起爬山,我才没有那么积极呢! 其实,要是没有学生们支撑着我,我连一半的路程恐怕也走不下来啊!"毛芦芦真诚地说道,"虽然我是老师,可在拉练路上,学生们却是我灵魂的老帅。那时,我班里的孩子,虽然已经读初一了,可其实相当于现在的六年级小学生,因为那时小学是五年制的。有些学生个子特别小,像傅云芬、李桂花、贵永忠、伊方明、方锦红、方慧刚、梅裕锋、巫妙华、江天红等人,看上去,简直像小学三四年级的小朋友哪! 可他们和那些大个子学生一样,也吵着嚷着要上山。我的热血不小心被他们点燃了,就大手一挥,同意了全班人的请求。可这时,大家已经走了四十来里路啦,每个小朋友脚底几乎都磨出了血泡,面对上山的三千六百多个台阶,我们怎么爬呀? 当然只好手脚并用、你拉我扯、哭哭笑笑、唱唱闹闹地上山了。当时,我小姑姑的儿子毛光武也是我班里的学生,记得上山时,我的这个小表弟一直不声不响地帮我背着书包呢! 那一路,腿哪是自己的呀? 早痛得麻木了,要不是有学生们支撑着我,我怎么可能爬上九华山啊? 所以,请不要再叫我什么神奇班主任啦,真正神奇的,其实是学生们啊! 是那些坚持不懈、勇气可嘉的孩子们啊! 是咱们石梁中学一届又一届参加拉练的学生们啊!"

"就是,毛芦芦说得对极了,所以我调到二中后,也把自己班的学生带来石梁中学学习了。二中是全市最出名的中学，可是，我觉得我现在的学生，却必须向我母校的小弟弟、小妹妹们学习，学习石中人这种吃苦耐劳的精神！其实，石中的孩子，也是我们这些所谓衢州市名师的老师呀！"郑友民老师笑着接过了毛芦芦的话茬。

周旭荣、华雪田、方银良、杨建宏等老师都在一边纷纷点头，赞同毛芦芦和郑友民的观点。

"不仅仅在拉练这件事上，学生有值得我们学习的地方，其他方面，也一样！"这时，曾当过藏族男孩见措洛如两年班主任的袁忠勇老师也感慨道，"像我那个藏族学生见措洛如，小小年纪，就主动提出来我们这里求学，离家好几千里，却从来没见他哭过。当初，他连普通话都说不清楚，学习成绩一团糟。尽管我也专门为他开过班会，要大家都伸出手来帮助这个特殊的同学，毕竟，我们这里的一切对他来说太陌生了，生活习惯也跟他老家迥然不同。但这孩子，适应力好强，为了提高学习成绩，他会利用一切时间、抓住一切机会，向老师和同学提问，大家暗地里都叫他'十万个为什么'呢！当初，他的成绩是全年级垫底的，可如今升到初三，已经进入年级前七十名了！当初，我们的语文任课教师曾玉婷，特意安排了一个比较顽皮的男孩蓝枭做见措洛如的小老师，结果，见措洛如那坚韧不拔的性格，倒更多地影响了蓝枭。自从他弟弟邓登足来我们石中后，见措洛如又成了他弟弟的'家长'！不容易，这个见措洛如，太不容易啦！虽然我是他的老师，可说真的，我觉得自己有很多方面，还要向这孩子学习呢！"

"哇，这藏族小男孩，不简单，真是太不简单啦！"大家纷纷赞叹。

"咱们石中不简单的孩子多着呢！你看初一(4)班的杜锦瑜，因为腿脚不便,上了校车,可她主动要求下来走路,这精神,也很可贵,也很值得我们这些老师学习啊!"毛芦芦想起了队伍中的跛脚女孩杜锦瑜,忍不住向大家讲起了她的故事。

"你们别仅说好学生,其实,我觉得拉练给我的收获,是看到了那些学习不怎么优秀的学生身上的闪光点!"这时,郑凌仙老师插进来说道,"今天,我们班走到一半的时候,有位女生脚崴了,脚背立马肿了起来,显然不能走了,怎么办?我也很着急,起先几位女生轮流搀扶她,可是根本走不了几步,这时几位男生主动说背她,他们都背得人汗淋漓,一直到校车来接走了那女生。这些学生的互助精神让我感动极了!其实,有几个学生平时都是所谓的'差生'呢!看来,我们当老师的,真不该看轻谁!"

"我则通过拉练改变了对现在小孩子的总体看法。来石梁中学之前,我本以为现在的孩子,无论是农村的还是城市的,都是一些吃不起苦的小公主小王子,可陪学生走了十几年拉练之路后,我完全对我的学生刮目相看了。我们当代的中学生,其实都是一群有毅力有意志又团结又勤奋的家伙。我们学校搞了二十二年拉练,我觉得苏校长的目的早就达到了——我们中国孩子,哪里会比日本孩子差一丝一毫啊!"华雪田老师的夫人、石中英语老师孙莉红老师也感慨地发表了自己的拉练感悟。

"我当班主任的拉练经历,跟毛芦芦老师第一次参加拉练时差不多,我也是靠着学生的力量才支撑到底的!"这时,个子娇小、面容俊秀的廖雪珍老师从一旁的学生队伍里走过来,跟大家分享了这一段经历:"老实说,没当班主任时,拉练我常常中途当逃兵的,可二〇一一年元旦过后的那次，我逃不了啦，因为我当班主任了。'祸不单行'，那年拉练的行程因估算出错还特别长，于是让我经历了一次'非同寻常'的拉练——如此疲惫不堪！那天，走到下午三点左右，我的腿脚已不再听我使唤了，真想找个地方坐下或找人搭上一程。我因运动导致血液循环加速，双手膨胀，每个手指都胀得圆滚滚、胖乎乎的，甚至无法握成拳头。我一脸的痛苦，学生们脸上的笑容也早已消失，队伍没办法走整齐了。除了走路声，我们班的队伍基本上是沉默的。可时不时会有同学一瘸一拐地走到我面前问我'老师，快到了吗'。不知为什么，就是学生们不断抛给我的这个问题，使我坚持了下来，因为我知道，我是学生们的依靠。于是，我尽量挤出笑容，装作一副轻松的样子，反复跟同学们说道'快了、快了''快了，快了'。结果，我们胜利了！当我老远看见校园的一角时，我的眼泪都感动得快掉下来了。唉，拉练，拉练，都说是老师带着学生走向了胜利，其实，老师何尝又不是被学生激励着，才一次次地战胜自我的！"

哇，廖雪珍老师的这一番长长的话，为她赢得了一阵掌声。

"我也有，我也有关于二〇一一年拉练的特殊记忆！"大家的掌声未歇，一个名叫万利燕的年轻女教师的声音就插了进来，"二〇一一年一月的拉练，是我在石中的第一次拉练，艰苦而快乐。作为体育老师，我被学校安排在护卫队里，可以骑自行车或是摩托车，我庆幸得很，就从学生那里借来一辆旧自行车。在校长宣布拉练开始之前，作为护卫员，我提前蹬着自行车出发了。刚开始骑还好，没想到一个小时都没骑到，我的腰和屁股就不行了，酸得要命，心想这还不如走路呢！可是这车还担负着'护卫'这等大任，只能咬牙坚持了。我一会儿蹬一会儿停的，过了半个多小时，好像到了哪个村子边，正想停下来休息，不知从哪里闯出来一条凶恶的狗，朝着我一顿狂吠，吓得我赶紧骑着车逃跑，没想到我越跑，它越追！我从小到大最怕狗了，差一点哭出来，幸好一位同事帮我解了狗的围追堵截，我才'幸免于难'。不料一波未平一波又起，因为自行车的轮胎破了，当时前不着村后不着店的，我真想把那破车扔了，可是因为是从别人那儿借的，我只能咬着牙把它拖回去了。可怜这一路我不仅要走路，还得拖着辆自行车。最后，竟然是两位初二的学生，帮了我的忙，他俩尽管已经走得疲惫不堪，但还是'怜香惜玉'地帮我将自行车拖回了学校。我呀，名义上是学校护卫队的一员，最后，却在学生的'护卫'下回到了学校，这记忆永生难忘啊！平时，我在学校，总觉得自己是位正儿八经的老师，可每年一到拉练活动，我就觉得，我既是老师，又像学生。而学生，既是学生，也像老师呢！"

"对，万利燕老师说得真好！在拉练的路上，唯有坚强的人，善良的人，互相团结的人，才是真正的老师！"苏校长大声总结着万利燕老师的话。

"你们是在回忆最难忘的拉练活动吗？我最难忘的是一九九九年的九华山之行。我们学校拉练活动爬过两次九华山，我经历的是第二次的九华山拉练。"这时，女教师裴根香也从学生群中走过来抒发她的感想，"一九九九年，我班里有几个来自城区的孩子，他们看着那高高的九华山，竟哭了起来。前面已经走了近四十多里路，他们的小脚早已走歪了！可是，孩子们怕归怕，抹抹眼泪，居然没有一个人提出来放弃！其实，那时的我也感到无比的疲惫，只是碍于老师的身份，掩饰着内心的怯惧罢了。要是学生提出放弃，我肯定会借机撤退。可既然学生选择留下，选择上山，我也只好硬着头皮跟上！确实，是学生支撑我爬上了九华山，也是学生支撑我走完了全程。此事已过去近十年，可我耳中，仿佛还回荡着当年学生爬上山顶时那激动的欢呼——'我们到山顶了！'当时，孩子们又哭又笑，我也是激动得直抽泣。是学生陪着我一起完成了我们人生中不可想象的大事，真是平生第一次有这样的感受！"

"裴老师，你是说一九九九年的九华山之行吗？我平生最难忘的记忆，也在那一次呢！"这回，终于有个男教师走过来发言了，是郑林建老师，"关于那年的拉练啊，我记得开始时队伍是那么整齐，还夹带着欢声笑语。那时我们学校有六十多个班级，一个班有五十几人，男一队女一队，队伍长达三十来米。所有的班级连起来，我们石中的队伍，比巨龙更威武。我们每经过一个村庄，那些坐在自家门口观望的村民眼中，都满是惊讶、诧异和震撼！那时我作为一名学生，是多么自豪啊！我为自己所在的队伍，我为我是石梁中学的一员而自豪！我们唱着《红遍天》《伤心太平洋》《心太软》等歌，慢慢接近了九华山，此时，每个人都累了，都在不断地问老师，'还有多少路？'。这时，我明显开始烦躁了起来，疲惫夹杂着不安，我的脚已经开始痛了，我身上的汗渍已经发凉，北风吹着，一直在哆嗦，还没有看见九华山的影子，我差不多就用光了所有的功力。我眼睛一扫，原来班里大半的同学已经开始瘸着腿走路了，原来我还不算差的。于是我又有了一丝自信。我要坚持，我不想被校车带走。我就那么咬牙坚持着，走到了九华山脚，又不可思议地爬上了九华山！那是我生命中的最高峰，因为有同学互相搀扶着，互相支撑着才走完的！现在我做了老师，我因为自己的特殊经历，所以永远不敢小觑学生的力量！在拉练路上，我是老师，我也永远都是学生！"

"看来，你们记忆中的九华山，一点也不比我记忆中的九华山低啊！"毛芦芦激动地叫道。

"就是啊！"有个叫周敏的老师，学着苏校长的口吻感叹道，"这何止是拉练？这就像一次微型人生，有开心，也有痛苦；有坚持，也有犹豫。人生就像这一路的风景，迎面而来再与你擦身而过。如果你学会使用手中的数码相机，那停留在CCD感光片上的风景就是你一生的收获。拉练与人生，都需要用心，都需要毅力，都有起点和终点，我们都在其中学习，成长。"

"哈哈，周老师在作诗啊？喂，各位，说尽兴了没有？时间差不多啦！可以叫同学们出发走最后一程啦！"苏校长笑着，转身对副校长徐国祥说道，"叫大家都起来吧，该重新上路啦！"

"好！"徐副校长二话没说，就把挂在胸前的口哨含在嘴里，一路小跑着，用哨声去通知全体师生们出发了，向着最后一段路程，向着最后的胜利……

世界上最长的路

很多人都突然跑了起来，冲过了校门，冲过了终点，忘记了所有的疲惫和伤痛！

此刻，母校的这扇校门，多像他们的成人礼之门啊！

哨声是同学们出发的号角，彩旗指引着大家前进的方向，气势磅礴的石中拉练队伍，再一次踏上了征程。

从衢州人文博物馆（众园）到石梁中学，大约六公里左右。这，是最后的六公里，也是最艰难的六公里。

但每个孩子，都在咬牙坚持。

初三（3）班的余沙沙，曾将众园比作高老庄，说："走过恋恋不舍的高老庄，是时候又该上路取经去了。可刚站起来，我腿就一软，撞到了一块石头，很痛。这时身后传来了老师那慈母般的问候：'沙沙，你没事吧？撞疼了吧？''没事，还可以走的！'我咬着牙回答。其实，撞得那么重，怎么可能没事？但老师的一句话，成了我的上好良药，治好了我……"

初二（2）班的班主任魏秀红老师则这样描述同学们："刚踏上最后一段路程时，大家都感觉自己的激情、意志、体能消耗得差不多了，所以走得没精打采的，突然，夏飞龙班长鼓励同学们，让大家边走边拍掌。当自我勉励的掌声响起的时候，情况就改变了，巨大的精神力量又被焕发出来了，每个人踩下去的脚步，都变得铿锵有力了。我找到一个脚上磨出很多水泡的学生，问她坚持前行的动力是什么？她回答'这是一次集体活动，我不能掉队，不能拖班级的后腿，我不想把遗憾留给以后的回忆'！现在虽然是大冬天，今天虽然没有多少阳光，可扛旗走在最前头的体育委员，还是累得汗流浃背，我想替他扛一会儿旗，却被他拒绝了，他说他是男子汉，可不能认输！不能输在最后一站！"

对，有多少孩子都在默默地坚持着，就为了不想输在最后一站，不想让自己以后想起来后悔啊！

科学老师黄久强，因为带学生拉练多年，所以深有感触地说道："行百里者半九十。这最后一站，是最艰难的，也是最关键的，这是自我挑战的最紧要的关头，孩子们当然无论如何都想坚持下去的呀！"

英语老师毛锡美则如此感慨："无论之前的路程多么艰辛，多么漫长，当终点出现在前方，我们所要做的，就是勇往直前，因为，终点在望，往往意味着胜利在望，之前的所有付出将要在下一刻得到回报，之前的种种努力都会在下一步让我们品尝到成功的喜悦！"

对于这点，初二年级的语文老师王小芳（石中有两个"王小芳"老师）也有深切的体会："不舍得忘记这样的情景——一张张充满稚气的脸庞上写满了疲惫，喝进去的水一点点变成汗蒸发出来，每个孩子走路脚都是一踮一踮的，同学们的速度开始不一致，有的开始掉队。满耳只听到他们粗重的呼吸声。但从这些呼哧呼哧的呼吸声中，我听出了自己班这些孩子那颗坚持的心——最后一程了，一定要坚持到底！"

这时，不仅初二年级的孩子在呼哧呼哧地喘着粗气，不仅全校的学生在呼哧呼哧地喘着粗气,就连绝大多数的老师,走得也很吃力了,也在呼哧呼哧地直喘粗气。

"来吧,我帮你保管一下行李!"说话者,是教初一社会的周绍辉老师。他是个沉默寡言的中年人,一路上,很少与同事和学生交谈,但脸上始终挂着微笑。哪怕此刻他也累得呼哧呼哧直喘粗气了,那红红脸膛上的笑意,也没有一丝一毫地减淡。他的身上已经背了好几个学生的书包,此刻,又把初一(2)班张雪婷的书包抓了过来,甩上了自己的肩膀。

"谢谢周老师!"已经走得蔫头耷脑的张雪婷得到了周绍辉老师的帮忙,细细的身子忙挺了起来。

"加油哦,再坚持个把小时,我们就能回家啦!"周绍辉老师微笑着、慢悠悠地鼓励张雪婷。

"好!"张雪婷答应着,步子一下子加快了……

"加油!"初二年级的社会老师刘水才一边抱着学生甩给他的一大捆衣服,一边鼓励学生。

"加油!"初一年级的科学老师彭红蕊一边用背包拖着一位瘦弱的女孩,一边鼓励学生。

"加油!"初二年级的英语老师龚敏芝一边帮一个掉队的孩子找他班的队伍,一边鼓励学生。

"加油!"初二年级的数学老师郑文红一边揉着自己酸酸麻麻的双腿,一边鼓励学生。

"加油!"

"加油!"

"加油！"

现在，几乎每个老师，都在不断地朝学生重复着这样的一句话，包括那些站在路边守护学生安全的老师护卫员和保安人员。

"加油！"已经连续做了二十二年护卫员的老校工王伟平老师，一边站在路边冲大家憨笑着，一边鼓励学生。

"加油！"学校里的办公室主任郑望春老师也站在路边，微笑着鼓励学生。

郑望春老师是个已有二十多年教龄、在柯城区教育界颇有名望的音乐老师，可全校的师生，都爱亲切地称他为"望仔"。二十二年来，学校的拉练活动，他一次也没有拉下过。他曾当过十多年班主任，一年年陪很多孩子走完了他们青春期的小"长征"。后来，因为负责学校办公室的工作，他卸下班主任的担子，但是，每次拉练，他又当起了护卫员。拉练前，他要去为学生探路；拉练中，在沿途的每个岔路口，他都要为学生指明正确的行走方向，帮助孩子们过红绿灯，帮助那些掉队的孩子重新找回自己的班级，时时刻刻为学生们鼓劲助威。随时准备应付各种突发事件，保卫学生的安全，这就是他的责任。

一直以来，他那清癯的身影，他那白皙的脸庞，还有他手臂上那鲜红的护卫员的袖章，都是让学生安心的标志。

在这最后的一段路上，他在路边朝每个孩子笑得更殷勤了，他用那富有磁性的声音，朝孩子们喊"加油"，也喊得更频繁了。

在上铺村路口，郑望春老师冲学生们喊道："加油，同学们，加油！"

"加油，'望仔'牛奶，你也加油！"没想到，有个同学顽皮地回应他。顿时，拉练队伍中传出了一大波喊"'望仔'牛奶加油"的声音，简直震耳欲聋。

"牛奶很营养的,但愿你们喝了我这'望仔'牛奶,能一鼓作气走到底!"

"那当然!我喝了你这'望仔',一定一鼓作气走到底!"初一(1)班的郑韫哲朗声回答,还俏皮地向郑望春老师敬了个礼。可是啊,好景不长,他没走了几分钟,左脚就被一块小石头绊了下,扭伤了。他忍痛坚持着,因为之前已经朝敬爱的'望仔'老师夸下海口了啊!他一瘸一拐地默默赶着路,脚痛得钻心,但他不愿服输啊!当自己的班主任问他是否需要帮忙时,他摇着头倔强地说:"我没事!"他慢慢走着,与自己的伤痛较着劲。可没想到,他竟不知不觉地落到了全校的最后一名。这时,'望仔'老师已经远远赶到拉练队伍最前头去帮大家探路了,他变得好委屈,好沮丧,眼里也禁不住涌上了泪花。

"哎,小同学,你脚受伤啦?"一位在队伍后面殿后的保安叔叔看见了他,是学校门卫处深受孩子们喜欢的"张大眼"——张英武叔叔。"张大眼"叔叔说着,朝郑韫哲弯下肥胖的腰身,撸起他左腿的裤管一看:"啊,你的脚脖子都肿了,你不能再走啦!我打电话叫校车司机来接你吧!"

"不,我不!我要自己走回去啊!我要做胜利的英雄!"听了"张大眼"叔叔的话,郑韫哲真的哭了起来。

"傻小子,你受了伤,还坚持了这么久,你已经是胜利的英雄啦!""张大眼"叔叔一边安慰他,一边拨通了校车司机的电话。

很快,校车司机就把郑韫哲接走了。校车上的小韫哲,不断冲"张大眼"叔叔说着谢谢,但眼里一直汪着泪水。看见车窗外那一个个拄着拐杖、挽着同学、拉着老师的袖子坚持赶路的同学,还有站在队伍前头旗手身边的"望仔"老师,他眼中的泪水,终于扑簌簌滑出了眼眶……

拉练队伍到了下铺村。这时,道路两边站满了看热闹的乡亲。跟别处的乡亲一样,很多乡亲手里都拿着橘子、饼干、牛奶之类的吃食。

有人在寻找拉练队伍中自己的孩子或亲戚的孩子,找到了,就赶紧冲上去,把手中的吃食塞给了那孩子。而有些乡亲,压根儿不认识石中拉练队伍中的任何一人,但他们也热情地冲向一个个孩子,将手中的橘子、饼干、牛奶之类的东西硬塞到了那些孩子的手中。

因为毛芦芦个子矮小,手臂上还戴着黑纱,一位眼中蒙着一层白翳的老大娘,就拿着一个热乎乎的番薯,冲她走了过来说:"囡妹^①,你家里谁走了? 真是罪过^②,戴着黑袖套还要来走路! 来,这番薯才刚刚起镬的,你拿去吃,慢慢走! 小心点!"

老大娘误会了,还以为毛芦芦是个学生呢!

她的一腔怜惜之情,让毛芦芦眼眶突然一红,忍不住无声地抽泣开来。

捂着那个热乎乎的番薯,毛芦芦不仅仅是想起了她刚刚去世一周的母亲,她还想到了二十二年前的那次拉练。那年,当她领着初一(2)班的孩子走到这个村庄时,已是晚上七点来钟,天已全黑了,北风呼呼地吹着,孩子们又累又冷又饿,真正是举步维艰。

大家都快哭了。觉得前面的路,每一寸几乎都是无底深渊。更要

---

①囡妹:衢州方言,意为"孩子"。

②罪过:衢州方言,意为"可怜"。

命的是,初一(2)班已经集体掉队了。听声音,虽然大部队就在他们前方一两百米处,但在那种情况下,隔着一米两米,都像隔着一道天堑呢!

"这个老苏,此刻怎么不管我们啦!"毛芦芦在心里埋怨着校长,虽然尽力举着自己班的班旗,但整个人和那旗子仿佛都要被风吹走了。孩子们一个个拉着彼此的手,班里的文艺委员傅云芬则紧紧拉着毛芦芦的手。不过,尽管大家都连在一起,可被冷风一吹,整条"链子"都东倒西歪的。

一天里,他们差不多已经走了四十公里路啦,每个人的体力都已严重透支。大家真的快坚持不下去了。

就在这时,从村头一幢泥房里,走出一位拿着手电筒的老大娘,她的围裙兜里,还包着十多个朱橘,她把橘子塞到学生们手中说:"囡妹们今天罪过啦,你们吃橘子吧!我用手电筒送你们一下!"

橘子,一瓣一瓣,被孩子们分着吃了,甜了全班孩子的心。那手电筒的光,虽然微弱,却给每个孩子心上都带来了光明和力量。

他们挺了挺脊梁,默默地往前走。啊,前面,有更多的乡亲,打着手电、举着火把在路边等着他们,有些乡亲,还特意把家里的电灯也拉到了门口,为孩子们照明。都是素不相识的乡亲,可他们不仅把亮光给了石梁中学这最后一队学生军,而且,还纷纷给他们送上了吃食,有柑橘,有瓜子,有炒花生,也有热乎乎的玉米和番薯……

得到了乡亲们如此的帮助与鼓励,本来疲惫不堪的孩子们,一个个都变得健步如飞起来,没几分钟便跟上了大部队。

"哇,跟上啦?我正要回头去找你们呢!"苏校长见了自己最后的那群小兵,阔阔的嘴巴一咧,笑了。

一整天走下来,苏校长也累坏了,仿佛遽然消瘦了一圈。但是,他看着被乡亲的手电、火把和电灯光夹在中间的那支坚强不屈的队伍,笑得又是多么开心和欣慰啊!

"我们马上就要成功了,你们初一(2)班是最棒的!同学们,加油!别忘了,我们是最坚强的中国人!别忘了,你们是中国未来的希望!"苏校长冲孩子们大叫。

"我们是最坚强的中国人,我们是中国的希望!"拉练的第一年,各个班级,还没有自己统一的班级口号,学校里也还没有统一的校训口号。但是初一(2)班的孩子,却在一个高挑结实的女生郑月华的带领下,主动喊起了苏校长刚刚喊过的那几句话。

"是的,我们是最坚强的中国人,我们是中国未来的希望!我们永不服输,我们勇往直前!"苏校长也喊。

顿时,整个拉练队伍,几乎都冲着黑黑的夜空怒吼起来。

虽然这时拉练队伍已经离开了下铺村,但公路两侧依然站满了乡亲,依然闪亮着一支支手电筒和一个个火把,同时,也加入了一些摩托车的车灯。因为很多家长都来接孩子了。

有些家长是骑摩托车来的,有些家长是骑自行车来的,有些家长是推着独轮车或拖着平板车来的。那时,虽然小轿车还不普及,但也有家长开着小轿车来了。

但是,没有人上车。无论是轿车、摩托车、自行车、独轮车,还是平板车,都没有一辆车接上孩子。

初一(2)班个子最小的男生尹方明,家里是最早拥有小轿车的农村人,可是,当他妈妈开着车来接他时,他却死也不肯上车,还冲妈妈吼道:"你别害我在最后关头当逃兵啊! 我那么多路都走下来了,我绝不当逃兵!"

他妈妈无奈,只能含泪放开了自己的孩子!

那一年,几乎所有来接孩子的家长,都无奈地放开了自己的孩子。他们一边拖着车子或慢慢驶着车子,一边眼含热泪默默跟在孩子们身后,心疼无限又肃然起敬地望着自己的孩子一瘸一拐地往终点站——石梁中学走去……

那天,当石中最后一队学生兵——初一(2)班的孩子们走进校门时,已是晚上八点半了。当时,寒风呼啸,气温已经接近零度。但是,没有一个人当逃兵,没有一个人掉队,也没有一个人半途而废。

从此,石梁中学的每个孩子都明白了,这世界上最长的路,原来就是自己的双脚。这世界上最大的英雄,原来就是自己。从此,石梁中学的每一个孩子都明白了,坚持不懈、坚韧不拔的真正含义,团结友爱、互帮互助的真正写法! 也理解了什么是真正的集体主义,什么是真正的胜利和成功!

一转眼,二十二年过去了,今天的孩子,也走到了九华乡下铺村。

虽然拉练的路程跟过去比,已缩短了十多公里,虽然此刻的时间才是下午四点半左右,但是,乡亲们跟以前一样,也热情地给孩子们送来了开水,送来了吃食,送来了帮助和鼓励。

手握着刚才老大娘送给她的热番薯,毛芦芦百感交集地流下了两行热泪。她仿佛回到了昨天,又仿佛飞到了未来。

谁能想到,这么一项全校规模的远足运动,竟然能一直坚持下来,二十二年不曾间断呢？

多少教师老了，退休了；多少学生长大了，毕业了；多少孩子又继续扛着这面了不起的拉练大旗，踏上了这条道路，坚定不移、永不退缩地向前挺进着，挺进着！

看，路边，又站满了前来接孩子的家长。

以骑电动车的居多，开着小轿车来的也不少。

但是，几乎没有孩子上车。几乎没有孩子愿意在最后一程当逃兵。

这不是在跟同学较量，更不是在跟远在日本的那些中学生较量。这只是为了跟自己较量，跟自己的惰性、怯懦、疲惫和疼痛的双脚较量，这只是为了赢得自己的尊严和自信。

看，在范村的公路旁，有个头发花白、面容还不怎么苍老的女人挂着一辆自行车，正朝拉练队伍中东张西望着。

"奶奶！"忽然，从初一（3）班队伍中钻出一个清清秀秀的女孩，轻轻喊了那位花白头发的女人一声。

"啊，傅绍佳文，总算等到你啦！"那位看上去还比较年轻的奶奶，忙兴奋地拍拍自行车的后座，冲孙女高声喊道，"走累了吗？奶奶来接你啦，奶奶带你回去！"

只见那个名叫傅绍佳文的女孩踮着脚尖，一小步一小步跨到奶奶跟前，朝她撒娇道："奶奶，我要累死了！我脚底像针扎一样痛哦！"说着，她便趴在了奶奶的自行车上。奶奶心痛地说："那快上车吧！我晚饭都烧好了，你一回到家就可以吃晚饭了！"

傅绍佳文从奶奶的车子上抬头看了看她的班主任郑欣儿，郑欣儿老师说:"你跟奶奶先回去吧!"

可是,那孩子听了她老师的话后,不知为何,趴在自行车上的身子竟突然挺直了。恐怕连她自己也不知是什么力量支撑着她重新跑回队伍,跟大家一瘸一拐地继续踏上了征程。

"文文,文文,你这又是何苦啊?"奶奶伤心地叹气。

傅绍佳文则冲她奶奶挥了挥手说:"你先回去吧,我要和同学们一样,靠自己坚持到底哦!"

郑欣儿老师笑了,一扭一扭地走到傅绍佳文身边,用力拍了拍她的肩膀:"真是好样儿的!"

"别说我,您自己脚都扭伤了,还在坚持陪着我们走,您才是好样儿的呢!"傅绍佳文轻轻说道。顿了顿,她又补了句:"我相信等我到了学校,以后就可以跟碰到困难的自己说——那么小你就坚持走完了拉练之路,奶奶来接也没有跟她上车,那今天的这点苦,又算得了什么?你也能坚持依靠自己的力量去战胜它们的!"

"哇,有道理! 看不出啊,傅绍佳文,你思考问题还蛮透彻的!"郑欣儿老师惊叹,傅绍佳文却羞得用双手捂住了自己的脸蛋。

这个安静秀气的孩子,平时在班里,一切都普普通通的,可此刻,她却像一个充满智慧的小天使,美丽得闪闪发光呢! 在她的影响下,初一(3)班的同学们,都不自觉地挺起了腰身,一步,一步,又一步,走得更坚定了。

很快,范村就被孩子们甩在身后了。

最后的六公里路,已经走了一半左右,这时,太阳已经完全偏西了。

许多班级的队伍也已打散了。有些走得快的初一年级的同学,已远远蹿到初三年级的队伍里去了,有些初三的学长学姐,则稀稀拉拉地落到了后面。

唯有队伍最前头的彩旗队,还保持着整齐的队形,还以匀速不断往前迈动着坚定的步伐。彩旗在空中,无忧无虑地舞动着。可是,拿着旗杆的手,却在白手套下微微地颤抖着。一路上,阳光虽然淡淡的,毕竟给孩子们带来了些许温暖。可现在,已经日薄西山了,晚风越吹越紧,旗杆仿佛变成了一块冰,握着旗杆的手,麻木了,疼痛了。尤其那扛着"看一看母亲河"横幅的旗手,横幅兜着风,简直重得像铁,不断地往后拽着横幅两边的男孩们,男孩们每走一步,都得付出比一般孩子多三倍的力气。

"让我们来扛一会儿吧!"这时苏校长和徐副校长走了过来,两人一起伸手,想去接横幅旗杆,却被两位小旗手闪开了:"校长们,最后一段路,请让我们坚持到底吧!"

"好,好,你们辛苦啦!"两位校长一起笑了。

"来,同学们,把头抬得更高些,把步子迈得更有力些,我们可是石中精神的象征啊!"苏校长举着拳头,给旗手们打气。

这时,手举黄旗的初三(10)班的陈涛,偷偷地往嘴里塞了一块带葡萄酱的面包。

悄悄嚼着面包,看着道路两旁的草木,看着前面几位旗手手中迎风招展的旗帜,陈涛软绵绵的脚步不由得又坚实起来。他一边往前走,一边无意识地往身后看了一眼。啊呀,他发现有个男同学走路跟跟跄跄的,像喝醉了酒呢!

"哥们儿,你怎么啦?"

"昨夜太兴奋,没睡好。现在,我好像快撑不住啦!"

"那我拉着你走吧!你用手拽着我的书包和衣襟,我带着你走!"

"好,那我就不客气啦!"同学说着,就把自己半吊在了陈涛身上。陈涛前面扛着旗,后面半扛着一位男同学,还得不断与扑面而来的西北风较量。他真的累惨啦!

但是,他一口咽下嘴里的面包,咬牙坚持着,一步一个脚印,努力追赶着其他旗手。

"你知道吗?我现在脑子里,都是红军爬雪山过草地的情景呢!他们那时多冷多累啊,还没东西吃!今天我才有了一点深切的体会,知道红军长征有多不容易!"陈涛跟他身后的同学说道。

"那咱们来喊口号吧!拉练苦不苦,想想红军二万五!拉练累不累,想想英雄董存瑞!拉练苦不苦,想想红军二万五!拉练累不累,想想革命老前辈!"同学使劲扯着脖子喊。

陈涛也使劲扯着脖子喊:"流血流汗不流泪,掉皮掉肉不掉队!流血流汗不流泪,掉皮掉肉不掉队!还有最后两公里!"

听见他俩的口号声,彩旗队的同学也全喊了起来。

在激昂的口号声里,大家的步子不由得加快了,陈涛身后的男孩也放开陈涛的书包,自己大踏步走了起来,不过,这大踏步,其实也是一歪一歪的,但毕竟,那孩子开始"自力更生"地走路啦!

这阵口号波,一直从彩旗队往后传,传到初一(4)班杜锦瑜那儿,杜锦瑜也扯着嗓子跟同学一起振臂高呼。不过,她的声音颤悠悠的,跟她的身子一样,像波涛中的小船,在不断地摇摆。

本来,她走路就不平整,现在,她的两个肩膀颠簸得更厉害了。

吴颜玉扶着她的肩,感受着她背脊上肌肉的不断抽动,担心地问:"锦瑜,你还能坚持吗?我建议你别喊了,要好好保存体力啊!"

"你能坚持,我就能!"杜锦瑜朝好友微微一笑,一张脸依然汗津津的。傍晚了,西风越来越紧,同学们都感觉冷了。可杜锦瑜因为走路比别人吃力,所以还在不断地流汗。

"要是吃不消,就让校车先带你回去!"齐志华老师也走过来,关切地对杜锦瑜说道。

谁也没有料到,杜锦瑜竟笑着蹦出一句土话:"啊呀,都只剩两三公里啦,天都要亮了,我可不想临天亮在嘘①出!"

哈哈,杜锦瑜此言一出,同学们都笑了,大家也走得更快了。

为了不掉队,杜锦瑜的身子也摇得更急,双肩也摆得更欢,脸色更红,鼻子尖的汗珠也更密了。但她,始终在咬牙坚持着,坚持着。

啊,远远地,已看见麻篷的那座石桥了!过了桥,学校也就近在眼前了。

杜锦瑜一阵激动,朝麻篷桥急遽地跑去,可脚下一个踉跄,差点摔倒,幸好,齐志华老师一把扶住了她。

"走,还有最后五百米啦,就让老师扶着你走吧!"说着,齐志华老师不由分说,挽住了杜锦瑜的手,一步,一步,又一步,他们和石中二十三个班级六百零七名学生九十三名教师一起兴奋地向终点走去。

其实,此刻,拉练队伍最前方的彩旗队,已经齐刷刷地走进校门成

---

①在嘘:衢州方言,"撒尿"之意。

功返校了！

此刻，苏校长正昂然挺立在校门口，微笑着欢迎每一个返回学校的学生！他一直朝孩子们伸着拇指，嘴里在反复、反复地喊着："了不起！同学们了不起！你们胜利啦！咱们石梁中学的拉练活动，再一次取得了巨大的成功！加油，快冲啊！"

这时，即使原先已累得弯腰屈背的那些人，在跨入校门的那一瞬间，也立马抬头挺胸，变得精神抖擞了。很多人都突然跑了起来，冲过了校门，冲过了终点，忘记了所有的疲惫和伤痛！

此刻，母校的这扇校门，多像他们的成人礼之门啊！早上从这门里走出去的时候，他们还都是一个个少不更事的小孩，可现在，经历了七八个小时的磨砺，这些孩子，似乎都长大了。

城里很多中学，都要为学生举行十八岁的成人仪式。可在石梁中学，学生们在十三四岁、十五六岁的时候，就通过拉练，跨过了成人礼的门槛。

哦，那些还没有接近校门，但已经看见或者踏上麻篷桥的学生，则全在兴奋得嗷嗷直叫："我们就要到了！""我们就要胜利啦！""我们已经赢啦！"

听，初一（2）班的罗靖婕是这么喊的："拉练，我在初二时等着你，等待着你再次来考验我！等着你再次给我快速成长的机会！"

初一（3）班聂宏丹是这么喊的："二十九公里，我们试过了，我们越过了，我们领悟了，我们成长了！"

初一（5）班的王宇欣是这么喊的："我回来了，此刻，有一种连我也觉得不可思议的感觉——长大的感觉，充满了我的四肢甚至整个身体！我相信,我长大啦！我真的长大啦!"

初一(6)班的雷剑是这么喊的:"出发前,我对拉练魂牵梦萦。出发后,我对拉练信心满满。回来了,我才知道拉练的真正意义——拉练,就是对自己的一场非比寻常的锻炼!"

初三(9)班的钱江宁看见麻篷桥时,是这么喊的:"终于快到终点了,此时我心中出现了一个英雄的影子——那就是我自己啊！要是半途放弃,我能享受这种成功的喜悦吗?"

初二(1)班的郑燕娟是这么喊的:"今天,我不仅看到了美丽的母亲河,看到了同学的友好、老师的关爱,更看到了我自己的坚强,我真的长大啦!"

初二(3)班的胡茵是这么喊的:"拉练,感谢你让我领略了自然风光,体味到朴实生活的真！感受到成长的真正含义!"

初三(5)班的江佳雯是这么喊的:"我们的拉练,就像《西游记》里唐僧和徒弟们去取经。一路走来,同学们各显神通,虽然途中免不了有猪八戒这样有惰性的小同学,但一个个都坚持了下来。我们都得到了坚强的真经,完成了长大的蜕变!"

初三(9)班的毛张琦是这么喊的:"我们努力的足音不断,我们坚持着自己的梦想,永不言败,我们一起经历了漫漫长路上的风雨,终于见到了彩虹!"

与毛张琦同班的华祎炜则是这么喊的:"我是平凡的初中生,我是拉练途中的小勇士。这种青春,我无悔!"

是的,这种拉练,我们热爱！这种青春,我们无悔！恰如初三(3)班的方雄飞在诗中所写的那样:

晨曦掀开了大地的面纱

刺骨的寒风挡不住我们如火的青春

飞扬的彩旗张扬着它们的辉煌

引领一代代石中少年勇往直前

迈着矫健的步伐

跨过河流与山脉

让我们燃起热情的火焰

用青春热血谱写最美的人生

一次次跋涉

让我们体验旅途的艰辛

一次次体验

篆刻成永不褪色的记忆

一次次记忆

鞭策着我们如诗如画的人生

岁月可以漂白我们黝黑发亮的头发

但我们不屈跋涉的故事

将在这片土地上亘古长存

"冰山一角"的故事

拉练路上的每个脚印,其实都印着我们自己心里的传奇故事!

跨进校门,看到学校里熟悉的花花草草,很多孩子眼眶里都唰地涌上了泪水。

几乎所有的老师都站在校门口列队欢迎着小勇士们凯旋回家。食堂里的阿姨也早为大家准备好了泡脚的热水。校医则拿着酒精和药棉挨个儿向学生们"推销"。而且,校工还为大家搭好了舞台——晚上有校园十大歌手的演唱会,慰劳大家一天辛苦至极的奔波。

"啊,在外流浪了七八个小时,此刻回到学校,才知道我们的石梁中学到底有多亲切多可爱!"初一(2)班的华新一边向班主任郑建辉老师发表他的感慨,一边弓下身子,一步一挪地向寝室走去。

"哈哈,千万别瘫在大家眼皮底下呀,回寝室再把自己放倒在床上不迟!"郑建辉老师笑着嘱咐华新。

"好!我坚持,再坚持一百米!"华新笑着回答郑建辉老师,可依然弓着身子一步步往前挪。也不怪他。孩子们一旦回校,就像已经上了岸的羊皮筏,一下子就被放光了所有的气,变成一张软塌塌的羊皮了。

此刻，那些回到班级、回到寝室的孩子，几乎都在高一声、低一声地叫唤着："哎呀，痛！""痛！""痛！"

初一（4）班的王启铭，在教室脱鞋时冲着同学大声喊道："啊呀，惨不忍睹！惨不忍睹！我这脚，怎么青一块紫一块的呀！哎哟，哎哟，我的袜子被磨破的血泡粘住了，哎哟，脱袜子，犹如在撕我脚上的皮呀！"

"来，涂点酒精消消毒吧！"一个同学把酒精药棉递给了他。

不料，当酒精一沾上王启铭的脚掌，他更是发出了杀猪般的惨叫："天啊，天啊，太痛啦！酒精怎么像把刀呀？我的脚掌都快被它割掉啦！哎哟，我痛得全身鸡皮疙瘩都紧急动员起来，抖个不停啦！"

"等一会儿就好了！"同学哄笑着安慰他。

过了大约十分钟，王启铭终于也笑了："啊，酒精给我脚上带来一片冰爽，太舒服啦！"

不过，当一群又一群的孩子在教室、寝室里休息并用酒精"疗伤"的时候，有些调皮鬼却把校医发给他们的酒精做了别的用途。初一（2）班有三个调皮鬼——余建强、周雯辉、杨堃，竟然在教室一角悄悄点燃了酒精，在那簇小火上烤起了面包、饼干和糖果。班主任郑建辉老师发现后，气得火冒三丈，三个调皮鬼却嬉笑着要请他吃"烧烤"，弄得郑建辉老师哭笑不得！

还有一些同学，则在自己的校园里，继续进行着拉练活动，做着一些令老师无比感动的事情。

有些人在帮同学打热水，手里拿着两个热水瓶，一步一步、艰难无比地在楼梯上挪上挪下。

有些人在帮同学打饭。食堂今晚特意为大家蒸了花卷、包子等面食，就是为了方便孩子们带回寝室去吃。学校持续拉练了二十二年，连食堂里的阿姨也摸透了孩子们的性格，知道这天的晚饭，孩子们会派代表来进行集体大采购。一个寝室，总会有那么一两个特别热心的同学，拿着一大把饭卡，迈着蹒跚的脚步，把一寝室人吃的东西都拎了回去。

有些人，刚放下拉练的背包，又捧起了勤学的课本，或在本子上及时写下了拉练的感受。

初一(1)班的雷华蓁在日记里如此写道："今晚的星星很少，衬得月亮更是皎洁，微风轻拂那蓝色的碎花窗帘，撩开我的记忆帷幕——今天，我们全校师生踏着一地金黄的落叶，踏着一地斑驳的树影，也踏着一丝丝凉意和农家的炊烟，勇敢地踏上了拉练之旅……"

初一(2)班的汪魏萍在作文本上如此写道："拉练让我体会到了我们意志的坚强。一路上我好几次想放弃，但看看那些在农田里顶着寒风干活的农民伯伯，我就坚持了下来。拉练，也让我对自己的班主任有了更深的了解。一路上，郑建辉老师都在照顾我们大家，跑前跑后，一直笑眯眯的，还让社政老师周群拉着他的衣服走，根本不怕累，真是一个富有爱心的大好人啊！郑老师的笑容，也是鼓励我前行的最好的动力！"

初一(3)班的郎高阳在周记本上如此写道："我们的拉练活动，每一步几乎都有一个感动的故事，我的好友杨付怡一直和我手拉着手，一路上我俩从来没有分开过，还一起听同一个MP3里的歌曲，我感动；爱脸红的张玉婷脚底起泡了，同学余书咏一直扶着她走，我感动；

我们的班主任郑欣儿老师请我们吃糖葫芦，我感动；我和胡紫、余书咏、郑雨欣一起在休息的河滩上拍照，大家那么开心地笑笑闹闹，我也很感动！"

初一（4）班的方子悦在笔记本上如此写道："我和三个女同学去上厕所，从厕所出来，路上已没人了，我们掉队了。突然，我们看到了前面有鲜艳的旗帜在飘，眼前不禁一亮，心里又有了希望，脚下也有了力气。"

初一（5）班的江涛在草稿本上如此写道："拉练虽然辛苦，但让我发现了家乡大地的壮丽——原来，我们家乡的母亲河，像七棱镜一样美得如梦如幻！拉练虽然辛苦，却让我发现了老师同学的美丽——班主任徐晓辉老师一直领着我们喊口号，鼓舞我们的斗志；李浩宇同学一直追着社政老师郑水良的电动车跑，故意做出很多滑稽的动作惹大家发笑，让大家愉快地前行；童佳豪同学一直背着个小热水瓶，不仅给自己泡方便面吃，还给科学老师黄久强泡茶喝，这成了拉练途中最令大家难忘的一幕！原来，我的同学是如此可爱有趣！我们班的傅钦琦因为患病没能去参加拉练，她自己感到很遗憾，我们很多同学也为她感到遗憾！"

初二（1）班的刘玙诺在周记本里如此写道："这次拉练，我最佩服的人，是班里的两个个子小小的弱女子。她们平时虽然像林黛玉般弱不禁风，可拉练路上，她们却拿着班旗和'庆元旦'的旗子，带领着我们班的一群猛将'杀'到了队伍最前头，顿时，我们坚定的脚步和着风吹树叶的沙沙声连成了一曲美妙、动听的交响乐……如果说同学的榜样是前进的动力，那么苏校长的鼓励和班主任郑蓉老师的陪伴，更是我们能量的来源。"

初二(4)班的邓灵霞在日记本里如此写道:"因为来了'大姨妈',我肚子痛,本不想去参加拉练了,可我的好友安云秀说这是我跟她的最后一次拉练了,因为她下学期就要转学回家乡贵州遵义去了。为了安云秀,我豁出去了。今天刚上路时,我的肚子还特别痛,但安云秀紧紧扶着我,不断为我加油。吃过午饭后,我的肚子竟神奇地不痛了,我就和安云秀开心地奔跑起来,几乎都超过了最前面的彩旗队……拉练,给我和安云秀留下了此生最美好的记忆!有了这样的记忆,我想以后不管她转学去了哪里,我们都永远不会把对方给忘记了!"

初二(5)班的方孪在作文本上写道:"这次拉练之旅,是一次神奇的旅程,虽然很累,但我看到了霜色在大地上曼延的美景,还欣赏到了'一行白鹭上青天'的诗意世界。而我们这些学生,像初升的太阳,我们用纯洁的光芒照亮脚下的大地。"

初三(1)班的王丽在周记本上如此写道:"看看我们的校长大人多贴心,你们可不要羡慕我们哦!我和同学们胜利返校的那一刻,校长伸着拇指表扬我们——'今天你们表现都很好,一路坚持下来,没有半途而废,不容易!同学们,你们都很优秀,你们都是我心中的小英雄!'哦,我是校长心中的小英雄呢!你们可不要过分崇拜我呀!"

初三(7)班的方琪在作文本上如此写道:"嘀嘀嘀,早晨哨子声带来了宿舍楼的沸腾。嘀嘀嘀,中午哨子声带着我们踏上归程。嘀嘀嘀,同学们的黑发在马路上流动,流成了一条特别的河……"

初三(8)班的徐梁在周记本上如此写道:"大千世界无奇不有,而我们石梁中学就有一奇,那就是拉练。很小我就听大哥哥大姐姐说起这个传奇,说的时候嘴角含笑,仿佛是一辈子里最甜蜜的回忆。现在我自己也参加了三届拉练,我也终于明白,拉练不仅仅是我们石中的一项传统活动,更是我们每个孩子的成人礼。拉练路上的每个脚印,其实都印着我们自己心里的传奇故事!"

恰好,初三(9)班的琚凌翔在日记本上是如此回应徐梁同学的:"今天,我们战胜了严寒,战胜了疲惫,战胜了漫漫长路,写下了一个个坚强的故事、友爱的故事,但我们的故事,只是学校二十二年拉练活动中的冰山一角。"

是的,这本书里的每一个小故事,其实都只是石中二十多年拉练活动中的冰山一角。可是,这一角,已是如此美丽、壮观,让我们读到了石中人大美的灵魂。

此刻,透过一扇扇寝室的窗户,我们可以看见,有的同学正在为别的同学按摩腿肚子;有的同学正在为别的同学搓洗袜子;有的同学正在给别的同学讲笑话、唱歌;有的同学正在给别的同学分发面包、包子;有的同学正在给别的同学朗诵自己写的拉练感悟……

在男生寝室楼三楼左边的第一个寝室里,藏族男孩见措洛如和弟弟邓登足正在用热水泡脚。这个寝室,是个小套间,由一大一小两个房间组成。里面的房间,摆着两张床,中间只有很窄的一个小过道。但外面的房间很宽敞,那是兄弟俩的"书房",摆着两套课桌椅,还摆着两个堆箱子和杂物用的床架子。显然,这个小套间里只住着这兄弟俩。整个寝室,被兄弟俩收拾得整整齐齐、干干净净的。

见措洛如一边泡脚,一边弯下腰,将弟弟的脚从热水里拎出来,搁在自己的膝盖上,用力搓揉着他的脚心,问:"这样好点了吧? 还痛吗?"

"好多啦！哥，好啦，别搓啦，痒！"弟弟感到很痒，咧着大嘴笑了。可笑了一会儿，他忽然大嘴一扁，带着哭腔问他哥，"今年寒假，我们真的不回去啦？"

"不回了，路实在太远，家里又冷得很，来来去去还得一大笔车费！"做哥的冷静得像个大人似的回答弟弟。

"那过年我们怎么办？"

"放心，刚才拉练路上，我已告诉校长我们不回家的决定了，校长叫我们去他老家过年呢！有校长，你还担心什么？"

"那……不知道这边的人过年要不要去寺庙拜菩萨哦？"弟弟想起家乡的习俗，问哥哥。

没想到哥哥笑着敲了一下弟弟的脑袋："小和尚，还想着去寺庙念经啊！我已经问过校长这里的人是怎么过年的了。校长说要一起吃年夜饭，一起守岁，立春那天，则要到春神殿去拜春神呢！校长说，拜春神，虽然不念经，但要唱戏，要吃春饼，要选小春神，还要用牛进行春天第一耕，也挺好玩的！"

"好啊！要是春天第一耕，能用我们家里的牦牛来耕，就更有意思啦！"弟弟拍着手，又咧开大嘴笑了。

"来，我们现在就来给爸爸妈妈写信，把今天拉练的事，把要去校长老家过年的事，都告诉他们吧！"

"好，我们一人写一段我们的故事给老爸老妈吧！"

兄弟俩说着，连忙把脚从热水盆里拿出来，用擦脚布胡乱擦了两下，就扑到书桌前去给爸爸妈妈写信了……

此刻，在女生宿舍初一（4）班的寝室里，杜锦瑜同学也在泡脚，不过,她没有像别的同学那样对着自己脚上的血泡大呼小叫的,而是边泡脚,边埋头静静读着一本淡蓝色封面的书籍——是闻银泉老师刚送给她的《花开有声》。这书,是由闻银泉老师主编的一本生命教育读本,里面收集了好几百个励志故事呢!

读着,读着,脚盆里的水凉了,她呀地叫了出来。

"要不要给你换盆热水啊?"有同学热心地问她。

"不,不是为了水!我看到这书里,也有一篇写拉练的文章呢,是毛芦芦和占家明老师写的,要不要读给你们听一下?"

"好!""好!"几位同学抢着回答。

于是,杜锦瑜清了清嗓子,声情并茂地给同学们朗读起来——

雨中的歌手

冬雨绵绵,北风呼呼,来自浙江省衢州市柯城区石梁镇中学的拉练队伍正在泥泞的道路上顽强前行。这队伍中的一千三百多个初中生,已经冒着冷雨顶着寒风步行了二十多公里,疲惫已经挂满了每个学生的脸颊。

"好倒霉啊,拉练已经够累的了,还碰上了下雨!"

"是啊,我一点也拖不动脚步了!"

"真想马上躺下来,哪怕躺在水中也行!"

渐渐地,队伍中的牢骚声越来越多,同学们行进的速度也越来越慢了。

这时,有个没带伞也没披雨衣的小个子男生突然跳出初三年级的队伍,站在路边,朝同学们喊道:"苦不苦,想想长征二万五;

累不累,想想革命老前辈!"

"嗷,苦不苦,想想长征二万五;累不累,想想革命老前辈!"起初,只不过有几个同学应和这小个子男生的口号,后来,越来越多的同学开始用这话来为自己鼓劲,不久,整个初三年级的行动速度明显加快了。初三是几个年级中的"龙头","龙头"游得快了,"龙身""龙尾"的士气自然也被鼓动起来了。

虽然雨还在淅淅沥沥地下着,可拉练队伍中的牢骚声却再也听不见了。

这时,那个小个子男生又昂起细细的脖子唱起了周华健的励志歌曲《真心英雄》:"……不经历风雨,怎么见彩虹?没有人能随随便便成功……"

很难想象,这个浑身湿透,冷得簌簌发抖却依然用灿烂笑容和真挚歌声不断鼓励同学们奋勇向前的男生,其实是个身体羸弱得连鱼虾、鸭蛋都不能吃的老病号。这男生名叫江书杰,老家在常山县灰埠镇山背村,父母都是农民工。上幼儿园时,江书杰因脖子底靠近胸口的部位生肿瘤,曾住院开过两次刀。刀口虽然痊愈了,可他的病在小学阶段每年都要复发一次。进了石中后,发病概率虽然减少了,可医生却吩咐他要禁食一切带腥味的东西。所以十五六岁的他,个子看上去要比同龄孩子小不少。不过,他的成绩,在全年级中却是最棒的。

"我最佩服毛主席等老一辈无产阶级革命家。我常用毛主席冬泳时那超人的意志力来鼓励自己奋发读书。"今年秋天期中考试当他获得全年级第一名的好成绩时,班主任占家明老师要他给同学们介绍学习经验,他就是这么说的。

别的同学每星期都会回家一次,江书杰是一个月才回家一趟;别的同学读书往往超不过夜晚十一点,而他,偷偷躲在被子下自学到深夜十二点是常事;别的同学难免要玩游戏、逛街,而江书杰,即使被同学拉到了电玩城,也能从口袋里掏出记有英语单词的小本本旁若无人地苦读起来。

"江书杰呀,跟一般孩子比,最了不起的是他的意志力特别强,是超有毅力的学生。"班主任占家明老师常如此向别的老师夸他的这位得意门生。

就连学校的门卫张大爷也常说:"书杰这孩子是全校最有耐力、最乖的学生!"

而做事同样以富有毅力著称的校长苏玉泉,因为特别欣赏江书杰奋发自律的精神风貌,还邀请江书杰与他一起过中秋呢!

江书杰,这个瘦弱多病却意志坚强的男生,这个成绩优异的初三(3)班的班长,此刻,正走在拉练队伍的前列,一边歌唱一边带着他的同学奋力前进。

"噗吱""噗吱""噗吱"。因为江书杰的鞋子也进了水,所以每走一步,连他的鞋子都在唱歌——"不经历风雨,怎么见彩虹?没有人能随随便便成功!"是的,这雨中的"歌手",用他那并不高亢却充满了坚定信念的歌声,唱出了人生的哲理人生的真谛,唱出了同学的信心同学的热情,更唱出了这次拉练的真正意义。

石梁中学每年都要组织全校学生仿效军队的训练方式出去拉练一次,一天里步行五十公里左右的路程。这活动已经坚持了整整八年,目的不正是为了叫学生们学学革命老前辈们吃苦耐劳的创业精神;不正是为了叫学生们锻炼一下自己的意志,叫学生们学会永不服输的奋斗精神吗?

江书杰,这个在冷雨中不懈歌唱不懈前进的"歌手",只是石中精神的一个化身一个缩影啊!

杜锦瑜读完了,叮她的室友们还保持着静静聆听的姿态。

"怎么,读完了?"良久,吴颜玉问。

"是,读完了!"

"我看,这个雨中的'歌手'江书杰,跟杜锦瑜挺像的啊,身体不比一般同学好,可是,意志却比一般同学坚韧!"

"不,其实,他跟每一个同学都很像,文章里不是说了吗?他是我们石中精神的一个缩影。"

"对,我们都是努力歌唱、努力前进的歌手!我们今天都是英雄!"

"听说,毛芦芦老师还写过一篇关于拉练的小说呢,题目叫《难忘与你们同行》,在十多年前就获了冰心儿童文学新作奖了!"

"真想我们也被毛老师写进作品里啊!"

"说不定哦,毛老师今天不是很关注我们初一(4)班的吗?"

"还是别乱想啦!这一路上,我们也没发生过什么故事呀!"杜锦瑜捧着《花开有声》,静静地说道。

她不知道,其实她和同学们的故事,早已经把毛芦芦给感动了,被毛芦芦默默地记在心里了!

石中泉水叮咚响

我们,这些普普通通的石中人、石中人的
孩子,其实已经在浙西大地上,创造了一个坚
持的奇迹、坚韧的奇迹……

——○一六年八月,苏玉泉校长从他坐了二十二年的校长位子
——上退下来啦!

谁也没有料到,刚刚退下来的苏校长,却一不小心成了网红。

事情还得从调往衢州二中执教的周旭荣老师的一个念头讲起。
为了纪念老苏的"退位",周旭荣老师写了一篇题目叫《有一个人,让我
想起一座碑》的散文,并请二中的汪啸波老师修改润色,于二〇一六年
九月三日晚发到了名为"晚上八点"的浙江写作原创基地微信公众平
台上。文章是这样的:

有一个人,让我想起一座碑

汪啸波　周旭荣

一

他长得不算好看,而且显得出老:瘦削的脸上,早早地出现了
深深的皱纹,我们的印象中,他好像从来就没有年轻过。满嘴的

牙齿东倒西歪,因吸烟太多而满是烟褐色。虽然戴一副眼镜,仍让人感觉他读书不多,学问不深,活像一个大队会计。

他不在乎自己的形象,有时一套深色运动服,可以从春穿到冬。如果有一天你看到他剃了头,刮了脸,换了一身新衣裳,那就是说学校要举行重大的活动了。学校的重大活动不多,而大多数时候,他总是灰头土脸,不修边幅。

想起他,我就会想起一座碑,一座黯褐的石碑。

二

他的父亲,一个勤劳的山里老汉,田里耕种之余,用自家山上的竹枝,编一点扫帚,拿去街上卖,换几个钱贴补家用。像往常一样,他父亲挑着一担扫帚,到小镇兜售。他父亲不知道,他已被任命为校长,管着几千人的学校。有老师认得他父亲,把他父亲带到学校,想让学校把他父亲的这些扫帚买下。

可是,他坚决不同意。

他父亲也没说啥,挑起担子走了。没关系,无非是多花点时间沿街叫卖。

人们觉得很奇怪,真是不可思议:反正学校要采买好多好多扫帚,而且他父亲的扫帚扎扎实实,细密均匀,为什么不买?

他也觉得很奇怪,真是不可思议:父亲是父亲,学校是学校,这两者有何相干? 家是家,学校是学校,家里的事,无论如何不能跟学校的事掺和在一起!

他的冷,不仅家里人害怕,亲戚害怕,学校承包食堂的人更怕。说起来,那些闯江湖的承包人,要么有点人脉关系,要么有点经营能力,怎么会怕他呢?原来,他会因为学生饭菜质量不好,而当众掀翻食堂的案板,不留一丝情面。

俗话说,众口难调。这个理他当然懂,但他容不得亏待老师和学生。

想起他,我就会想起一座碑,一座冰冷坚硬的石碑。

三

这所学校,是一所镇中学,跟城里的那些学校比,师资不足,交通不便,资金匮乏。为了扩大学校的社会影响,他首创了"送奖上门"。每学期的成绩优秀者分列一、二、三等奖,填好奖状,全校教师分成送奖小组,划片送奖到学生家中,老师还为学生敲锣打鼓放鞭炮。

为了培养学生顽强吃苦的精神,他发起长途拉练。一九九四年十二月,第一次拉练开始了。早上七点,全校初一到高三六个年级师生一齐出发,自带干粮,徒步登九华山,折返回校,来回八十余里。拉练队伍绵延数里,横幅打头,班旗在前,老师随队,浩浩荡荡。沿途所经村庄,围观者甚众。他兴冲冲,走在队伍最前头。

为了尽可能把办学质量搞上去,他常跟人打赌:这次竞赛,在市里肯定能拿几个一等奖。不信?赌!今年中考成绩肯定能有几个上衢州二中录取分数线。不信?赌!

就在这一次次的信不信中,越来越多的老师,从坚决不信到半信半疑到坚信不疑。

就在他一次次的预言中,学校从十八个班迅速扩张到四十四个班,五十六个班,最高峰时有六十四个教学班,在校生三千八百余人,成为衢州市当之无愧的办学规模之最。初中部的声誉日盛,那时来自衢江、柯城、常山等地的学生争相涌来入学,每年为衢州二中输送将近一个班级的新生。

那时在石梁中学读书,从学生和家长口中说出来时,是带着几分自豪感的。

那时,学校的巨幅广告牌矗立在人山人海的火车站广场,以至于有人以为,这就是衢州最好的重点中学。有几位外地的大学毕业生,一下火车,就按照广告牌的地址前来求职,至今仍留在这里任教。

正是凭着山里人"无柴不下山"的拼劲、韧劲,他带领着大家实现了学校的跨越式发展。为了表彰他的办学成绩,上级屡次要把他调走,他都断然拒绝。

他只愿意在这块土地上,实实在在地为家乡父老做点事。

想起他,我就会想起一座碑,一座牢牢竖在故乡山野上的石碑。

四

也许,在许多人心中,他又不像石碑。

在家长们看来,他像是邻家兄弟。特别是对来自农村贫困家庭的乡亲,他给予特别的尊重。他曾经跟男老师们说:"家长向你递烟,好的烟可以拒绝,差的烟一定要接过来,而且要当面点上,不要让家长觉得你看不起他。"

凡是穷人家的事,他尽量做到有求必应。他当年求学艰难,如今见不得别人苦。学校有一句口号:不让任何一个学生因为交不起学费而失学。为了解决更多农家子弟的经济问题,学校开设了"心上人班",面向全市招收经济特别困难的初中毕业生。学费全免,并视困难程度给予生活补贴。

他以他的坦荡、宽容、善良,甚至木讷,令身边的人折服。这个连九品都不够的比芝麻还小的菜籽官,却在衢北的村镇山野、小街陋巷、绿野阡陌有着极好的口碑。

此人是谁?

此人就是担任石梁中学校长二十二年之久的苏玉泉。如今,他终于圆满地卸下了身上的担子,要从校长的岗位上退下来了。感慨于他的执着、坚韧与默默奉献,我们写一点文字记录点滴往事。

苏玉泉,一位可敬的老师和校长,他其貌不扬,却堪称"师品似玉";他并非富豪,却让学生感觉"师恩如泉"。他随随便便地站着、坐着,就有一种高山仰止的气场。

古人云:"桃李不言,下自成蹊。"这正是对他的写照,他像一棵树,繁花朵朵,清芬四溢,硕果累累,甜满人间。

而我却要说:他更是一座碑,立于山野乡间,沐浴着春风秋雨,每一天都镌刻着对家乡父老的深情,镌刻着对祖国基础教育的厚爱。

这是浙西教育史上值得大书特书的丰碑啊!

那口碑传颂在老百姓的嘴里,那功德碑牢牢树在老百姓的心上。

仅仅一小时内，这篇文章的阅读量就超过了2000人次。此后，在短短三天之内，这篇文章的阅读竟然达到了21880人次。几乎所有看到这篇文章的老校友，都在自己的微信朋友圈里进行了转发。一时间，这位石梁中学刚刚退下来的老校长，迅速成了衢州地区的"网红"。

其实，在发文章之前，周旭荣老师还在石梁中学的微信圈里，发了一通感慨，感慨在石中当了二十二年校长的苏校长，用的竟然还是一部价值不足两百元、不能上网的"老人机"。听了周旭荣老师的"牢骚"后，石中老同事吴全胜老师马上开玩笑似的提议："不如我们大家捐点钱，为老苏买部智能手机吧！"

"好主意！"周旭荣老师当即表示赞同，并发出了捐款给苏校长买智能手机的倡议。倡议发出后，短短两个小时内，三千元捐款就凑齐了，于是，当天下午，就由周旭荣老师陪着苏校长，去买了一部华为智能手机。当晚，由从石中调往衢州二中的数学老师杨建宏做东，召集了十几个石中人，为苏校长举行了一场赠送手机的小型酒会。

会上，苏校长正好用他的新手机，看到了成千上万人对《有一个人，让我想起一座碑》的如潮好评。轻易不掉泪的苏校长，数次红了眼圈，为全体石中人对他的深情厚谊而感动不已……

第二天早上八点半，石中高中部一九九九届毕业生杨小花就给毛芦芦发来了咨询短信："毛芦芦老师好！前两天我还在想，我们这届同学可以凑份子为母校办个微型助学金，专门资助出身寒门的小学弟小学妹。昨天竟然听到苏校长退位的消息，现在想联合各级校友微信群一起做这件事，最好能以苏玉泉校长名字命名，以自愿为原则，每人每年资助一百元或是多少。钱不在多少，而在于心意，积少成多应该也能帮上不少忙。您觉得如何？能否给点好的建议？"

"啊，太好啦！我与友民、旭荣老师联系一下，听听他们的意见！"毛芦芦回答后，马上给郑友民老师打了电话。

"很好啊，你具体叫旭荣在群里振臂高呼一下吧，他现在粉丝多！"郑友民老师立刻表示赞同，于是毛芦芦又给周旭荣老师打电话……

结果，到九月六日下午，由杨小花发起、由老师周旭荣和校友曾建芳等人协助组建而成的"石中泉水叮咚响"校友资金会就吸纳了620个成员，一个微信群放不下，还组建了第二个。到九月十四日下午，共收到捐款50606元，统统交于老苏手中，由他做大家的爱心大使，负责向石中的贫寒子弟发放助学金。

就这样，苏玉泉老校长的形象和石中人的大爱精神一起，在衢州人心中汇成了一股响亮的溪流。叮咚，叮咚，叮咚，这大爱之歌，越唱越响。

二〇一六年九月六日和九日傍晚，石中初中部一九九八届毕业生、衢州广播电台FM105.3《衢州之声·梅婷有约》节目组的负责人梅婷，又在这股泉流中添进了新的音符。她特意邀请了已调离石中的郑友民、周旭荣、毛芦芦等老师和从石中毕业的佼佼学子方庆建、舒琪、曾建芳等人，专门为苏校长做了两期谈话类的专题节目《我的石中情》（上、下）。这个节目，影响力也很大，当时散落在全国各地的石中学子，都在静静聆听。

石中一九九六届初中毕业生、一九九九届高中毕业生杨伟城在给梅婷的留言中说："现在全国各地都在听同一个广播！"一九九七届初中毕业生杨建国在北京听，一九九九届高中毕业生徐晓华在西安听，二〇〇〇届高中毕业生聂红飞在昆明听。

一九九九届高中毕业生方前春说："我们每一个石中学子都被感动了！"一九九七届初中毕业生琚慧仙在坐月子的床上听哭了，一九九九届高中毕业生杨骏在车上听哭了，二〇〇〇届高中毕业生傅小燕说她车开到了车库，依然在默默地听，默默地流泪……远在美国工作的石中高中部二〇〇一届毕业生阮芬，因收听不到这个节目，还专门让她先生给她录了下来……

从此，苏玉泉老校长更红了，衢州地区的报社、电视台、网络新媒体等都纷纷派记者来采访他。各种介绍他事迹的报道文章铺天盖地而来。他和他的家人还被评为浙江省的"最美家庭"。

而在苏校长所做的事情中，最受大家称道的，是他坚持二十二年带着全校师生进行长途拉练的光辉事迹。

几乎所有的石中老校友都在暗自担心，新来的郑晓红校长，会不再延续苏校长的拉练传统。经过一九九九届高中毕业生杨骏等人为时半个多月的策划，一场别开生面的"国庆拉练活动"在二〇一六年十月三日的石中操场上拉开了帷幕。

关于这次拉练，石中老教师、作家毛芦芦在她的日记中有着较为详细的记录：

国庆，我们去拉练

时隔二十二年，除了我和我的学生、校友，我终于又带了一个人来聆听苏玉泉校长做拉练动员报告，那就是我的女儿。

"我们为什么要拉练？一九九四年，我在《中国青年报》上看到一篇文章《夏令营中的较量》,作家孙云晓很感慨,因为我们中国孩子在夏令营中的表现处处不如日本孩子,他向我们中国人敲响了警钟。这对我震动极大。我决定把自己学校的孩子拉出去跟日本孩子做个无形的较量。于是,在那年的十二月二十八日,我带领石梁中学的全体师生,踏上了八十里的徒步拉练之路,就为了证明咱们中国的中学生是能吃苦、有毅力的好少年! 我们成功了! 这个拉练活动,我们从那时起,一直坚持了二十二年,举行了二十二次。而今天这次,是最特殊的,因为这是为新中国母亲祝寿的一次'拉练'活动,是毕业之后的校友们,拖儿带女特意回母校参加的一次活动!"苏校长在石中操场的司令台上慷慨陈词,女儿站在我身后默默地听着,原先那一脸的不以为然,慢慢变成了一脸的严肃认真。

"拉练能带给我们什么?"苏校长继续激动地说道,"一是能锻炼我们的身体;二是能磨炼我们的意志;三是能增进我们的集体观念! 一个人,有时只有在集体中,才能迸发出难以想象的力量……"

类似的话,苏校长其实已经说了二十多次了,我陆陆续续参加了十多次拉练活动,也听了十多次了,但今天,静立在石中操场上,我依然听得心潮澎湃、热血沸腾。

不仅仅因为这是我平生第一次和女儿一起聆听苏校长的讲话,而且,在我周围,还有十多个小娃娃也在静静地聆听。最小的才上幼儿园大班,最大的孩子,也只不过在读高一。

今天,不仅石中的老师来参加拉练了,不仅石中的学生、校友来参加拉练了,而且,连我们的下一代,也来接受拉练熏陶了。

这是二十多次拉练活动中,唯一一次在国庆长假期间举行的活动,也是唯一一次有那么多小朋友参加的活动。

真的,我从这些小小孩身上,看到了石中精神新的传承者,看到了拉练活动添了更深的意义,看到了薪火相传的美丽和庄严……

终于,拉练队伍出发了。这次跟以往每一次都不一样,因为这次扛拉练旗帜的多半是小学生,而且学校里的校车一直把我们送到石梁深山大俱源村的东方度假村,一行六十多人才开始爬山,往市天气雷达站方向进发。起先,我对苏校长这样的安排还稍微有点失望,觉得他因过于照顾那些小孩子的步行能力而忽视了拉练的真味。没想到,那上山的路,居然挺长的,我们一直向上盘旋了两个小时左右,才抵达目的地。

虽然在行进的过程中,拉练队伍因为校友毕业的年份不同,分成了好几个"部落",有些"部落"人多热闹些,有些"部落"人少冷清些。但每个人的努力,每个人的坚持都是一样的,每个队员对身边之人的照顾和呵护,也是一样的。不,这次因为多了一些孩子,一路上,还多了很多笑声,气氛也活泼了许多,大家感觉自己都年轻了不少。

而最大的不同,是所有校友对苏校长的态度都不一样了。一贯以来,苏校长以严于治校著称。当年,学生们见了他,大多像老鼠见了猫。但是,今天,无论谁见了他,都感觉他特别亲切、慈祥。

我也如此,一路上,我每次遇到来来回回照顾校友和孩子们的他,都会开开心心地喊他一声"亲爱的苏校",并亲昵地拍拍他的肩,惹得校友们好几次大笑起来。

也惹得我女儿反复与我耳语："苏校长太可爱啦！"

是啊，严肃的苏校长，其实也有非常可亲、可爱的一面啊！

今天，我属于拉练队伍中的一个小"部落"。因为除了女儿，我还有两个当年我当过她们班主任的"嫡亲"的学生郑月华和蒋慧姬跟着我，我的一个小"芦粉"、江山城南小学四年级学生柴翊也从她母亲的"部落"里跑了出来，主动成了我们"部落"中最小的一员。我们五人一起上山，又一起冒雨下山，差不多徒步走了四个小时，才回到度假村。最后，女儿已经累得东倒西歪了。不过，她一直坚持帮小柴翊撑着伞，小柴翊则一直在大声唱歌，给小红枣姐姐鼓劲，给我们鼓劲，也给她自己鼓劲。

越接近山脚，雨越大，山风浓雾裹着我们，气温骤降了许多。然而，一路走下来，尽管我的脚已起泡，泡还被磨破了，痛得我有一段路干脆当起了"赤脚大仙"，但我却始终觉得很享受。不仅听慧姬、月华给我讲了不少童年故事，还听校友陈方方给我讲了当年她拉练回校后夜观流星雨的故事，也听校友曾建芳回忆了她当年从上方灰坪老家慕名前来石中求学的经历。她说那时衢江的孩子中考若考不上衢州二中、衢州三中，最好的选择就是石中。我还听另一校友梅建霞回忆了我当年和孩子她爸谈恋爱时的往事，那时她是孩子，看热恋的我们感觉特别美好……

所以一边走，我一边竟变得无限恍惚起来，仿佛我已走回到我的青春岁月去了……

等我们再次回到度假村时，我和学生、校友们的感情都近了许多许多，而小红枣和小柴翊这两个年龄相差了四五岁的孩子，已结成了莫逆之交……

这就是拉练的魔力,它不仅锻炼了我们的身体,磨炼了我们的意志,还像味精那样,鲜美了我们的生活,更像良药一样,给我们的精神注入了无穷的力量。

感谢这次拉练活动的发起人——石梁中学一九九九届高中毕业生杨骏,还有为这次拉练付出很多劳动的曾建芳和徐淑琴校友,以及高声为这次活动宣传的周旭荣老师、丁利民老师和积极参与这次活动的郑望春老师、俞美珍老师!

感谢参与这次活动的每一位亲爱的校友和每一个可爱的孩子,因为,我们这次参加活动的所有人,其实都是石中坚持了二十多年的拉练活动的继承者,也是先驱者,因为从今年开始,石中校友在每年的国庆长假时间,都会组织一次拉练活动。

今天的我们,既是二十二次大拉练活动之后的一个"结点",更是一个全新的起点,闪亮的起点!

我们,这些普普通通的石中人、石中人的孩子,其实已经在浙西大地上,创造了一个坚持的奇迹、坚韧的奇迹,创造了一个造梦者的传说、追梦者的传说!

很开心,今天,我终于带着我的孩子,来聆听了苏玉泉校长的一次演讲,来参与了石中历史上的一件大事!来开启了她崭新的一段精神之旅!

最后,我以我的孩子拉练回来所写的一段文言文来为这篇文章结尾,虽然她只是写景,却充分表达了这次拉练活动对于打开一个孩子眼界与心境的重要性:

"童龀之后,余少见雾。后所见薄纱状流散于空中之物,尽霾矣!数年来,余常念雾之轻灵空明。公元二〇一六年,余随母参加石中拉练活动,游大俱源,见雾,喜不自胜。夫雾也,若天之羽织,地之素裳,袅袅兮如炊烟之初起,渺渺兮似美人之顾盼。雾潜作露,染余眼睫发末,伏余袖口裙裾。然衣沾不足惜,但使愿无违耳!闻竹露滴清响,望松柏拂万壑,景澄碧也,心亦澄碧也!行于雾浓之处,若击空明,若溯流光,若彳亍于仙境而不知春秋几何。登顶之时,真有杜子美'会当凌绝顶,一览众山小'之气概。余谙晓人之一生不过沧海一粟,然当余临风望天地之时,心有天地之独占感!噫!此为造物之神奇乎?此为造物之神奇哉!也为石中精神之见证哉!"

第二十三次出发

　　彩旗在芒花、芦花枝头飘扬,孩子们迈着
整齐的步伐,在芒花、芦花丛中穿行。

──── 〇一六年十二月二十九日早上八点钟，石梁中学的操场
　　──── 上，白霜弥漫，彩旗飘扬。

又一次拉练活动拉开了帷幕。

全校十九个班级五百五十八个学生，八十三个教职工，全都静静地集中在司令台前，聆听校长致"壮行辞"。

老师们、同学们：

　　一年一度的拉练是我们石梁中学的传统活动，从一九九四年开始我们已经坚持了二十二年，因为坚持才会悠久，因为坚持才能深刻，因为坚持才有收获，收获了石梁学子们的健康成长，收获了校友们对石梁中学的美好印象。今年适值长征胜利八十周年，我们再次举行"弘扬长征精神，争做最美学子"为主题的拉练活动，意义非同一般。

　　八十年前，共产党领导中国工农红军，历经两年，纵横十余

省,长驱数万里,战顽敌、跨激流、翻雪山、过草地,向死而生、浴火重生,最终会师甘肃会宁,取得了震惊世界的伟大胜利。艰苦的长征彰显了伟大的长征精神,那就是乐于吃苦、不惧艰难的革命乐观主义精神;勇于战斗、无坚不摧的革命英雄主义精神;务真求实、独立自主的创新精神;善于团结、顾全大局的集体主义精神。长征精神是中华民族百折不挠、自强不息的民族精神的最高表现。

我们石梁中学自一九五八年创办,五十多年来几任校长带领教职员工走在教育事业的长征路上,几度风雨,几度春秋,老师们、同学们奔在各自的人生征途上。每代人有每代人的长征路,每代人要走好每代人的长征路。新的长征,还有许多"雪山""草地"需要跨越,许多"娄山关""腊子口"需要征服,依然需要血液中的火、精神上的钙、灵魂里的帆。

老师们、同学们,人无精神不立,国无精神不强,校无精神不兴。只有大力弘扬伟大的长征精神,"务实求真,自强不息",坚决克服贪图安逸、不愿继续艰苦奋斗的想法,克服自暴自弃、不愿继续开拓前进的想法,才能使我们的事业蒸蒸日上,才能使我们的人生更加丰满!

老师们,同学们,脚穿皮鞋,不忘草鞋;口喝牛奶,不忘野菜;步行大道,不忘沼泽;行程万里,不忘初心。昨天的长征为今天奠基,今天的拉练,为明天圆梦!

啊,这次的壮行辞,跟前面二十二次拉练活动的"壮行辞"大有不同呢!

以往每一次拉练前,苏玉泉校长都要提到他举行这拉练活动的初衷,是为了率领石中的所有学子和日本孩子进行一场无形的较量,是为了证明我们华夏子弟那吃苦耐劳的精神是无坚不摧的;也是为了通过拉练活动,使石中学子的身体更加强健,意志更加坚韧,友情更加牢固。

今天的"壮行辞",却没有提《夏令营中的较量》那篇文章,而是强调了长征精神的可贵,提出了"弘扬长征精神,争做最美学子"的拉练主题,指出拉练是为了点燃孩子们血液中的火,补充孩子们精神上的钙,升起孩子们灵魂里的帆。

确实,拉练进行了二十二年,我们已经不是为了和别国的孩子进行较量了。我们是为了更好地和自己较量,培养更强大的自己,用伟大的长征精神来指引我们这一代人完成我们自己的长征!

以往,苏校长的"壮行辞",都是率性而为、慷慨激昂的,言辞上不一定缜密,感情上却一定汹涌澎湃。今天的壮行辞,不仅语言优美,发言者的情绪也比较沉着冷静。

难道,是苏校长改变了说话的方式?

不,是因为今天致辞的人变了。这是石梁中学新一任的校长郑晓红在发言哪!

虽然他的发言风格比较冷静,虽然他的穿衣风格比较低调——以往每次拉练,苏校长穿的几乎都是大红色的运动衫,今天郑校长却穿了一件黑色的薄棉袄——可是,他那件黑色的袄子,他那平和缜密、冷静沉着的发言,却一样在大家心中点燃了熊熊的火炬。

不,其实,今年大家心上的这把火,好像还要烧得更炙热一些。因为换了校长,大家都以为拉练活动将不再举行了,大家都担心拉练要永远成为石梁中学的往事了。毕竟,把那么多学生拉出去走一整天路,得时刻担心着学生的安全问题。毕竟,像苏校长这样的校领导并不多见。

没想到,苏校长退了,郑校长不仅接过了他的教学管理工作,还把学校里的这面传统拉练之旗,高高地举了起来!

"行程万里,不忘初心。昨天的长征为今天奠基,今天的拉练,为明天圆梦!"当郑校长说完最后一句"壮行辞"时,静静地站在司令台下凝望着他的老校长,咧开大嘴,由衷地笑了!他带头热烈地为郑校长鼓起掌来。顿时,石中操场上爆发出一阵地动山摇的掌声。

毛芦芦也笑着在拼命鼓掌。她今早赶到学校时,正好听到郑校长在司令台上所说的每一个字。她看看白发潇潇的老校长,又看看正值壮年的郑校长,一边鼓掌,一边大喊了一声:"好!"

终于,拉练队伍开拔了!

这是石梁中学师生们第二十三次踏上拉练之路了。当那一面面红旗、一面面拉练之旗、一面面班旗旋出校门的时候,门口,站满了自觉前来送行的乡亲。连路边仅剩在树上的火红枫叶,也忍不住揪着风的衣襟,追撵着孩子们的脚步,跟这些小勇士们一起踏上了"长征"之路。

拉练途经的第一站,还是麻蓬村。

村庄缘溪而建。溪边的步行道,就像城市的江滨公园一样美丽,但这里的水更清,树更密,还有莽莽苍苍的芒花、芦花,给肃杀的冬景,带来了一片生机,织就了一派格外壮美的风景。

彩旗在芒花、芦花枝头飘扬,孩子们迈着整齐的步伐,在芒花、芦花丛中穿行。

"校兴我荣,校衰我耻。努力学习,为校争光"的校训响彻石梁溪的溪谷。

"《七律·长征》:红军不怕远征难,万水千山只等闲。五岭逶迤腾细浪,乌蒙磅礴走泥丸。金沙水拍云崖暖,大渡桥横铁索寒。更喜岷山千里雪,三军过后尽开颜。"

"《忆秦娥·娄山关》:西风烈,长空雁叫霜晨月。霜晨月,马蹄声碎,喇叭声咽。雄关漫道真如铁,而今迈步从头越。从头越,苍山如海,残阳如血。"

"《清平乐·六盘山》:天高云淡,望断南飞雁。不到长城非好汉,屈指行程二万。六盘山上高峰,红旗漫卷西风。今日长缨在手,何时缚住苍龙?"

毛主席这些关于长征的诗词,也一再地被各个班级的孩子当作口号,喊得震天响。

"啊,石梁中学又开始'长征'了!"当大家走到金庸文化广场的时候,恰好三位骑着摩托车进城去打工的大叔从学生兵队伍旁经过,他们仨居然异口同声这么喊了起来。

是啊,这支"长征"队伍,已经整整走了二十二年,已经成了石梁镇父老乡亲们再熟悉不过的一道风景。

老校长苏玉泉,自然是这道风景中的一座引人注目的高峰。你看他,还是大踏步地走在队伍前方,脚步铿锵,笑容满面,容光焕发。不看他的满头白发,单看他矫健的身姿和步履,他跟那些初三年级的少年郎似乎没啥两样。

"老苏,你怎么走得如此轻快呀?"新校长郑晓红问他。

"除了每年带全校师生进行一次大拉练活动,我自己每天还坚持小拉练呢,一天平均走十五公里左右,风雨无阻!"老苏说着,咧开嘴笑了,天真烂漫的样子犹如少年。

"哇,如此坚强的意志,佩服,佩服!"郑校长向老苏拱着手,也笑了。

这时,毛芦芦刚好走到两位校长身旁,看郑校长那么敬重老苏,禁不住问道:"郑校长,你第一次走,累吗?"

"哪里是第一次啊!我在书院中学沟溪教学点工作的时候,已连续带领全教学点的师生拉练了三年!"

"啊,沟溪初中也举行拉练活动了?而且已经走了三年?我怎么一点也没听说啊?沟溪初中,可是我的母校啊!"毛芦芦惊讶地问。

"是的,我久闻石中拉练的威名,所以在沟溪初中仿效了一下!规模没有石中大,路程没有石中长,所以也没有多做宣传!"郑校长谦虚地说。

"哦,老实说,虽然我们是老同学,深知你的为人,可在拉练一事上,我本来非常担心你这石中的新校长会不能理解、接受呢,没想到,你竟已在沟溪初中带孩子们拉练了好几年。看来,我的担心完全是多余的!谢谢你,谢谢你义无反顾地扛起了石中的拉练之旗,谢谢你今天带着石中的孩子踏上了'长征'之路!谢谢你为石中所有的学子们续上了一个共同的大梦!"毛芦芦百感交集地说道。

"哪里哪里!其实应该谢谢你啊!你都调离石梁中学整整二十年了,还一心一意地把石中当成自己的学校,还一年年地赶回来参加拉练,陪着孩子们一起吃苦受累。作为石梁中学新的一员,我真的很感动!"郑校长也感慨地说道。

毛芦芦不禁笑了,指了指老苏说:"咱们老同学,就别谢来谢去了,还是一起谢谢老苏这个'始作俑者'吧!"

"哈哈,你们千万别谢我!否则,我又得好好谢还你们,这样谢来谢去,哪里是尽头呢?我们大家只不过是一起为学生做了一点事而已!好了,我不跟你们聊了,我要与学生同乐去了!"老苏说着,逆着拉练队伍,往回跑了一段路,身子一晃,就混进学生堆里,不见了。

毛芦芦站在路边,静静等待着,想看看老苏跟哪个班的学生走在一起了,可她却看见一个脸蛋通红、额头上沁满细密汗珠还不时吸着鼻涕的女孩,正一边走路,一边不断弯着腰,捡拾着芒花丛中那些并不显眼的小垃圾,并将它们一一收进手里的一个红色塑料袋中。那袋子,已经鼓鼓囊囊的啦!

"好一个小环保主义者啊!"毛芦芦在心里默默为这女孩点赞,一边目不转睛地望着她。

女孩抬起头,撞上了毛芦芦的目光,顿时欢喜得尖叫了起来:"啊,毛老师,您今天也来啦?您还认识我吗?我是校文学社的,我叫姜艳洋!"

女孩这么一说,毛芦芦倒想起来了,这孩子曾听过她的写作课,而且,她在课上发言很积极的。

"想起来了,姜艳洋。难道你一直都要这样拎着这个塑料袋不放吗?刚才我好像看见路边有个垃圾桶的呀!"毛芦芦笑着指指女孩手中的那个垃圾袋,问。

"袋子还没装满,扔掉挺浪费的呀!"女孩高高扬起垃圾袋,冲毛芦芦挥了挥。

"哈哈,你可以先把垃圾倒掉,把塑料袋留着啊!"

"啊,毛老师好聪明! 我怎么没想到啊!"姜艳洋用圆圆的大眼睛笑望着毛芦芦,忽然说,"听说您每次回石中拉练,都是跟初一(2)班一起走的,今天怎么没跟我们一起走啊!"

"怎么,你不仅是校文学社的,而且还是初一(2)班的?"

"那当然,我只是为了捡垃圾,一不小心跑前面来了!"

"真是,一边捡垃圾,一边还能比全班同学走得快,看来,你手脚好麻利啊!"

"那当然!"姜艳洋说着,自豪地一笑。她把手使劲放裤子上擦了擦,走过来,一把抓住毛芦芦的胳膊说:"走,去我们班里吧!"

这,真是一个热情非凡、胆量非凡的孩子啊!

就这样,在姜艳洋的带领下,毛芦芦再一次和石中初一(2)班的孩子们走在了一起。

"你知道吗,今天姜艳洋是个病号呢,重感冒,发烧,我叫她在学校休息,她却非坚持跑来拉练不可。这孩子,很倔强的!"初一(2)班的班主任徐明祥老师,一开口,就跟毛芦芦介绍起了姜艳洋的情况。

"了不起!"毛芦芦赞叹。

说话间,拉练队伍已踏上了石梁溪上的一座红色铁桥,走向了桥对岸的荞麦坞村,又从荞麦坞方向,折向了庙源溪流域。

这次拉练计划中的行程,要比以往短一些,大约五十里左右。

可走到中午十一点一刻左右,来到拉练的午餐地——万田乡王家溪滩时,初一年级的孩子们,还是开始喊累了。

毛芦芦注意到,姜艳洋这时才将拎了半天的垃圾倒进了路边的一个垃圾桶。

"啊呀,艳洋,你看谁来啦?"正在她倒垃圾时,徐明祥老师像个孩子似的兴奋地冲她叫道。

原来,是姜艳洋的妈妈骑着自行车找来了。

"哦,你妈来带你回家啦!"毛芦芦也冲姜艳洋欢喜地叫道,这孩子已经坚持走了一个上午,而且还一直攥着那个红色的垃圾袋不放,真是怪让她心疼的。

没想到,姜艳洋妈妈却把姜艳洋拉到一棵溪萝树下,从挂在身上的皮包里掏出一罐褐色的茶汤,送到姜艳洋手中。

"妈妈,这是什么呀?"姜艳洋捧着那罐东西,好奇地问道。

"是金丝吊葫芦,能治感冒的! 快喝吧!"妈妈摸了摸女儿的头发,无限怜惜地说道。

于是,穿蓝色棉袄的孩子听话地大口大口地喝起了那罐中药。穿红色棉袄的母亲,则一直站在树影下,笑望着女儿,连眼角的鱼尾纹,也流淌着无尽的慈爱……

姜艳洋母女的这一幕,给每一个见到她们的老师和孩子,都留下了无比难忘的印象。这也是二十三年的拉练史上无数感人镜头的一个缩影……

正当毛芦芦出神地望着那对母女,被那温馨的一幕感动得热泪盈眶时,她的肩膀,被人轻轻地拍了一下。

毛芦芦一转身,见自己面前站着两个个子不高的男孩,一胖一瘦,他们同时笑盈盈地问她:"毛老师,还记得我吗?"

"是你们呀,方顺男,徐志涛!"毛芦芦很高兴遇到了去年初一(2)班的两个老学生,当然,他们如今已是初二(2)班的大学长了。

听毛芦芦喊出了他们的名字,胖胖的方顺男,顿时得意地对瘦瘦的徐志涛说道:"告诉你了吧,毛老师不会忘了我们的,对不对?"

"去年我与你们同行的经历,至今还历历在目呢,我怎么会忘了你们哪!"毛芦芦笑着撸撸他们的脑袋。

"要吃饭了,您可以和我们一起吃吗?"方顺男憨憨地问毛芦芦。

"啊,初一(2)班的徐老师已经去帮我领粽子啦!"毛芦芦不好意思地冲方顺男笑了笑,忽然想到了一个弥补他们的方法,"我想请你们和我拍张合影,留作纪念,可以吗?"

"可以,可以!"方顺男顿时乐开了花,徐志涛则羞红了脸。

"郑老师,来,帮个忙!"毛芦芦在人群里找到了初二(2)班的班主任郑建辉老师,把手机递给了他。

"笑一个! 笑一个!"郑建辉老师一边喊,一边连着后退了好几步,半蹲着在溪边为方顺男三人拍照。

"你小心点,别踩空掉到溪里去啊!"毛芦芦正担心郑建辉老师的安全呢,一声女孩的尖叫突然从溪中间传了过来:"郑安宁掉水里去啦!"

郑安宁,不正是初二(2)班的学生吗?

郑建辉老师和毛芦芦听了这一声尖叫,就像被野猪的獠牙戳了一下似的,忙跳下溪岸,朝溪中心的岩石群狂奔而去。

那些岩石虽有高低不平,却是连成一片的坚固石床,照理,孩子不易在这样的石头上滑倒的。这个郑安宁竟出了事,真是出人意料!

"郑安宁在哪里?"郑建辉老师到底是年轻小伙子,他比毛芦芦跑得快多了,一下子就冲到了出事地点。

"郑老师,我没事,我没事!"只见瘦高瘦高的郑安宁已爬上石床了,"我吃过粽子,想洗手,鞋底太滑了,一不小心,溜到水里去了,同学们一下子就把我拉起来了,现在我已经没事啦!"

那孩子的鞋子和裤子都湿了,还连声喊没事呢。

这可是大冬天啊!

"冻坏了吧?"毛芦芦一跑近她身边,就气喘吁吁地问道。

"不冷的,我不冷的,我还能坚持的!"郑安宁边说,边迈着修长的双腿,朝岸上爬去。

"不,还是叫校车司机先送你回去吧!"郑建辉老师当机立断,马上跑去找校车司机了。那时,大家都散落在庙源溪边吃粽子呢!

很快,司机就放下吃了一半的"粽子宴",开着车,先送郑安宁回学校去了。

散落在溪滩上的学生,则一边吃粽子,一边喝牛奶,一边快乐地玩着猜谜语、脑筋急转弯和成语接龙等游戏。

王家村的溪滩,顿时沸腾起来了。

初一(2)班的孩子们,吃完了粽子,喝完了牛奶,一个个却还静悄悄的,因为他们都在静静等待着徐明祥老师为他们削梨。

哦,人到中年的徐明祥老师,头戴休闲帽,身穿休闲服,看上去一副酷哥的打扮,可是,他对学生却好得赛过了幼儿园阿姨。看,就连那么坚强的姜艳洋同学,此刻也正一副乖乖女、娇娇女的模样,等着吃徐明祥老师为她削的梨子。

普普通通的一把小水果刀,普普通通的一只只梨子,却在徐明祥老师手里转得飞快,一会儿,就削好了一只,一会儿,又削好了一只。有个孩子,专门拿着塑料袋为徐明祥老师接梨皮,只见长长的连成一线的梨皮扑嗒扑嗒不断地掉进塑料袋中!

看来,带学生拉练了多年,徐明祥老师也用他对学生的一片爱心,苦练出一手削梨的绝技啦!

吃完梨,同学们将坐过的地方收拾得干干净净,就又随大部队出发了。

一路上,身穿统一班服的初一(1)班,在美女老师黄红芳的带领下,喊着黄红芳老师所编的口号:"不拼不搏,等于白活。不苦不累,生活无味!""良心无愧,信心无畏。恒心无敌,青春无悔!"他们走得格外整齐。

一路上,不断有老师问初一(3)班的郑欣洁累不累,因为她的个子是全年级最小的,她都笑着摇摇头,笑着默默地向前走。他们班的队伍中,还有个活蹦乱跳的四川男孩祁双,说:"走这点路算啥?我老家的山道比这更长更难走!"

一路上,初一年级的跟队护卫、教信息技术课的大帅哥丁杰勋老师,简直成了全初一孩子的共同宝贝,因为他脾气好,对学生特别和气,所以他背后那个平时他女儿用的紫色书包,竟成了一个小小的拖拉机头。无论哪个孩子累了,只要冲他说一声:"我不行了,丁老师你拉我一把!"说完,都可以用手拉着那个书包,半仰着身子,让丁老师拖着往前走。有时,那小书包上,一拖就是三四个孩子,他们一个连着一个,让人不由得想起一串穿在柳条上的小鲫鱼呢!

一路上，学校里年龄最大的班主任、明年就要退休的黄首龙老师，总是伸着枯瘦的手，拉拉这个女孩，扶扶那个男孩。其实，论个子，初一好多孩子都比他长得高大呢！可他们班里，谁都很服他管，因为孩子们都知道，黄老师的腿是老寒腿，他走路，比谁都不容易，可每一年，他都陪着孩子们走到底。大家在心里，都很爱戴这样的老师！

对了，在这第二十三次的拉练路上，每个路口，除了有黄孝忠副书记（他去年还是以客人的身份来参加拉练的）、徐国祥副校长、郑望春主任、吴全胜组长等人为学生引路，一个个护卫老师和保安叔叔保护着学生的安全之外，今年，还多了四位宣传员——四位打快板的学生！

这四位学生，名字叫谢超群、方庆伟、张燕森、傅光晟，他们都是初三年级的男生，长得比较高大英俊，性格也很活泼，而且精力特别充沛，他们总是骑着自行车，早早冲到拉练队伍前方，找到合适的路口，就下车站定，等着全校师生通过他们身边时，要一刻不停地为大家打快板说唱词：

"打竹板，听我言，表表石中精神棒，学生个个不怕苦，不怕累，你帮我助渡难关。互相扶持不掉队，师生过后尽开颜。"

"打竹板，声声脆，满怀豪情赞石中，今天跟着石中拉练宣传队，慰问兄弟和姐妹，如果你很累，我会开心来鼓励。好兄弟，好姐妹，慰问你们苦和累，怎能叫人不欣慰，好兄弟，好姐妹，勇往直前不掉队！"

虽然词编得比较直白，但这可是四位宣传队员自己想出来的。本来,他们都是各自班中的顽皮鬼,可一接到学校给予他们的重任后,他们就一个个很刻苦地练习起来了,既练打快板的技巧,又练嗓子,还练写词。最后,他们一个个都穿上副校长徐国祥帮他们借来的军装,英姿飒爽地站在一个个路口,为每一个同学、每一个学弟学妹鼓劲。

过了一个路口,又是一个路口。当其他同学在路上坚强地徒步行走的时候,他们不是骑着自行车在飞奔,便是在欢快地敲着快板,大声地唱着快板词。

这四个淘气包,通过这场拉练活动,都焕发出了骄人的正能量,让大家不由得对他们刮目相看。

"小黑胖,加油哦!"每次,当毛芦芦经过这四个孩子身边时,她都会冲傅光晟同学笑着举举拳头!

"谢谢毛老师!您也加油哦!"傅光晟总是这样笑着回答,这对老朋友,喊完,都会会心地一笑。其实,如今的傅光晟,脸蛋红红的,身材高高的,哪里还有半点"小黑胖"的样子啊?但他那天真的笑脸,还像初一时一样可爱,所以毛芦芦总忍不住要喊他的绰号……

同学们走啊走,终于,只剩最后的七公里了。

这时,很多女生都拄上了拐杖。

初二(6)班的班主任俞美珍老师笑着指着她班里的一个拄拐杖女孩对毛芦芦说:"别看她走路弱一些,成绩却好得很哩!"她那口气,完全像个慈母在夸自己的女儿!

初三(7)班的带队老师廖雪珍,今天本是想请假去参加女儿的家长会的,却究竟放不下自己的学生,最终,还是选择放女儿的"鸽子"。她指着队伍中一个胖胖的男孩谢文俊说:"你别看他走路这么吃力,这一路上,他不仅一直在坚持行走,帮女同学背书包,还在中午时帮老师分粽子分牛奶分苹果呢!"

初三(4)班的班主任吴全胜老师则指着自己队伍里的一位眼睛格外清亮的男孩对毛芦芦说:"这个男孩,是你的老朋友了吧? 本来,他应该读高一了,可为了照顾弟弟,他又留下来重读了一年初三。"

这不是学校里最特殊的学生——藏族男孩见措洛如吗? 一年不见,他更俊了,那温柔的笑容、高挺的鼻子、雪白的牙齿,都是那么青春逼人。

"你的弟弟还好吗?"毛芦芦走过去问他。"很好呢!"小伙子回答,见到毛芦芦,露出了一脸惊喜而灿烂的笑容。

但旋即,那笑容就被见措洛如收住了,他轻轻告诉毛老师:"不过我爷爷不怎么好,我爷爷病了,得重病了……"

虽然这孩子自小都表现得格外坚强,可毕竟和病中的爷爷隔了几千里路,他的思念,太长太长了,以至于变成了他眼中的一丝忧郁。

"还有半个多月就放假了,你就可以回家了……"毛芦芦安慰他。

"对的,很快就可以回去看爷爷了!"见措洛如善解人意地冲毛芦芦一笑。

而这场景倒让毛芦芦鼻子一酸,差点掉下泪来。

因为,在今年的拉练队伍中,少了一个重要的人物——老摄影师闻银泉老师。他在十一月初的时候,不幸出车祸去世了。

学校的摄影老师,已经换成了认真负责的袁忠勇老师。可是,这一路上,几乎每个老师,都在怀念闻银泉老师。

"谁能想到,那么好的一个人,说没就没了呢! 以前,他带文学社带得多出色啊！现在我接了他的班，也做起了文学社的工作，可是，无论做什么事，我心里都会想：要是闻老师还在，那该多好！闻老师，就是我们最好的老大哥，我们文学社的灵魂人物啊！"学校的语文教研组长林清，见了人，本来都露一脸温柔灿烂的微笑，可此刻提起闻老师时，她的黑眼珠却不由自主地被泪水包住了。

看着林清老师的眼睛，毛芦芦眼里也蓦然涌上了泪花，她仰起脸，深情地凝望苍穹，轻轻呢喃："闻老师，您看到了，我们都在想念您哦！"

啊，恰在此时，有只白鹭，从不远处的田野里，扑扇着美丽的长翅飞上了天空，并在石中拉练队伍的上空，久久、久久地翱翔着。

"闻老师，闻老师，您好！"望着那只鹭鸟，毛芦芦笑了，可眼中的泪水却忍不住吧嗒吧嗒地掉了下来……

拉练队伍在继续向前挺进。

过了上铺村、下铺村、范村，在村口一个个乡亲的注视下，在路边一个个家长的迎接下，孩子们终于又回到了麻蓬桥头。

这时，我们这拉练故事中最令人感动、最让人难忘的女孩杜锦瑜，也一步步冲向了胜利的终点。跟去年比，她长高了很多，脸蛋更娇美了，眼神更自信了。

"毛老师，今年我全是自己走下来的！我一步也没有掉队！我做到了，和所有同学一样，走得一样快！走得一样整齐！"见到毛芦芦，她羞涩地一笑，却自豪无比地说道。

哦，这个坚强无比的女孩，自从四年级时因一场医疗事故，导致左腿、左手行动不便之后，她最大的愿望，也许就是能和正常的孩子一样，行动自如，消除伤病给她带来的诸多不便。

经过两年的拉练,她终于做到了。

她付出了比一般孩子多的努力,她终于做到了,和同学们一样走得快捷、整齐,走得坚定、豪迈,虽然命运让她成了一个跛足女孩,可是,她的步子,每一步迈出去,都比其他孩子更美、更可敬!

在杜锦瑜身上,不就体现了激情、奋斗、拼搏、超越、坚韧、顽强的石中精神,不正体现了百折不挠、自强不息、坚韧不拔、勇往直前的长征精神吗?

所以,当她一步一瘸地迈进校门,郑晓红校长和苏玉泉校长都不由自主地冲着这孩子高高地竖起了拇指。

连她隔壁班——初二(5)班的郑云建也忍不住赞叹:"杜锦瑜同学的坚持,就是我们拉练之路上最美丽的故事! 这个故事在四班!"

其实,除了杜锦瑜,还有见措洛如、谢文俊、方顺男、郑安宁、姜艳洋、傅光晟……这些孩子,无论是高是矮是胖是瘦,哪一个都很美! 因为他们在拉练路上,都给我们留下了美丽的故事!

"弘扬长征精神,争做最美学子。"这一个个提到名字的孩子做到了,队伍中那一个个没有提到名字的孩子,也做到了。还有前二十二次拉练活动中所有坚持到底的孩子,都做到了!

难忘与你们同行

　　一个学校，全校师生连续二十四年坚持不懈地进行"拉练"活动，这在全中国、全世界，恐怕都是绝无仅有的。

自从一九九四年十二月二十八日，苏玉泉校长举起那面拉练大旗至今，已整整过去二十三年了。

这二十三年里，一茬茬的老师退休了。那一直在拉练路上背着医药箱的龚士逞老师，那满头白发却快步如飞的谢乐惠老师，那喜欢一边唱歌一边挥手一路跟学生说说笑笑的傅士典老师，那严肃又护仔的梅国良老师，那两对学校里的模范夫妻郑菊仙和吴浩老师、舒春梅和方晓青老师都退休了。就连当年最喜欢拉练，最喜欢一边走路一边和同事、学生谈论绘画技巧的余逸卿老师，明年也要退休了。

还有一些老师则带着学生、同事们无比的眷恋和怀念去了天国，温文尔雅的杨绳模老师，多才多艺的闻银泉老师，还有质朴敬业、与癌症顽强斗争了近十年的童瑞礼老师……

而石中的学子们，更是换了一批又一批。无论哪一个学生，只要是从一九九四年以后从石中毕业的学子，无论是从初中部走出去的，还是从高中部走出去的，只要一回忆起拉练往事，一回忆起自己走过的那段青春之路,一回忆起那时一起同行过的老师和同学,他们无不深情款款,满怀眷恋。

石中初中部一九九五届毕业生,如今在宁波首钢浙金钢材有限公司任副总的郑胜先生曾说:"一九九四年第一次拉练,也是我在石中的最后一次拉练。当时觉得九华山是那么高,似乎怎么也爬不到顶,可是,现在想起来,有这座少年时征服了的高山垫底,人生已似乎没有任何高峰能让我害怕啦!"

与郑胜同届毕业、如今在苏州某公司任职的罗慧娟女士回忆道:"一九九四年的拉练,我是一边哭一边走回学校的,实在是太累太累啦!但是,我也哭着拒绝了父亲来接我的自行车!那是我一生最难忘的往事,我那年的眼泪,也是我这一生的荣耀!"

而他们的同届同学江通,当时几乎是全年级年龄最小、个子最小的学生,他也完全凭自己的双腿征服了全程。现在,他在广州、香港两地做生意,一讲起拉练,总会笑着说:"我们学校坐落在白云山下。从白云山,到九华山,我的精神也上了一个台阶。只记得那时爬山爬得一身汗,下山又冻得直打哆嗦,可是,脚上都磨出了血泡,心里却一点没感觉累,只感觉自己走着走着,仿佛长高了,长大了!"

"拉练让我长大了,一九九四年的拉练是我这一生永不向困难低头的精神源泉!"石中初中部一九九七届毕业生、如今在浙江省第三监狱工作的罗志忠如是说。

"拉练活动是石中精神最好的载体,也是我学生时代吃苦耐劳、团结拼搏精神的最好体现。很幸运我在一九九四年就参加了第一届拉练活动。这些年来我曾无数次回忆起当初拉练的情景,它至今仍是我生命里一笔非常宝贵的财富!"石中初中部一九九七届毕业生、如今任ABB企业软件部矿业及新能源行业北亚区负责人的叶建国如是说。

"作为石梁中学的一名毕业生,离开学校已经二十一年了,但说起拉练,我至今还记忆犹新。一天用稚嫩的双脚日行近百里翻越九华山,全校师生自带干粮,相互鼓劲、相互帮助,甚至不少同学踩着脚底的水泡拄着拐杖硬是坚持和大家一起走。凭着顽强的毅力和坚持,大家最后圆满完成了拉练任务。拉练,看似与教学风马牛不相及,却在无声无息中锻造了我们刻苦、不畏艰难和坚持到底的品格。这种品格,就是石中精神的最好诠释,始终引领着我们走好人生的每一步'长征'路。"石中初中部一九九六届毕业生、如今在衢州市综合行政执法局柯城分局府山大队任教导员的徐慧清如是说。

"一晃二十年过去了,当年拉练的情形至今想起来仍历历在目。拉练带给我们这些石中学子们的财富是无价的。每当遇到困难的时候,我都会想起这段经历,它激励我坚持,坚持,再坚持。感谢石中,感谢我们的苏校长!"石中初中部一九九八届毕业生、如今在杭州同人国际旅行社任产品经理的王余龙如是说。

"一九九四年我第一次参加拉练,脚底磨出了好多血泡! 那时痛得暗暗流泪,可现在想起来,那些血泡,却是我人生最好的导师!"石中初中部一九九七届毕业生毛光武如是说。

而毛光武的同学方慧刚回忆拉练往事时,曾这么说过:"那年初一,我们坚毅前行,成为初一年级唯一爬上九华山的班级。依稀记得当时有老师反对,认为我们人太小走得太多,怕走伤我们。可毛老师背负着委屈,同意了我们的请求,一声号令,带着我们用疲惫的身体和激动的心情爬上了九华山,让我们初中三年没有留下遗憾,只留下了九华山上那永恒的照片。一次次想起这个,我都会觉得世界格外美好,每想一遍都是一次心灵的净化和升华!"方慧刚如是说,"拉练,使我们都成了有故事的人!"

是啊,拉练使我们成了有故事的人,方慧刚这话,总结得太好啦!

而有两位不曾赶上"拉练盛事"的石中毕业生,因为遗憾,还专程跑回来参加拉练了,专程赶回来为自己续写了"拉练故事"。

这两位学生,都是一九九四年初三(2)班的毕业生,一位就是前面提到过的吴光妹,另一位是吴光妹的同学江小红。她俩都是当年陶雪杉老师班里的学生。

二〇一五年底拉练那天,已调到衢州一中十多年的陶雪杉老师,本也想回母校参加拉练的,可惜,因那天课多,实在走不开,他就在自己的学生微信群里发布了母校师生正在拉练的消息。

他的学生吴光妹,本已坐上了去九华山游玩的汽车,看到这个消息,忙叫丈夫把她送到了衢州市第三人民医院的门口,追上了母校的拉练队伍。一路和初三(2)班的孩子走在一起。当时,毛芦芦还以为她是初三(2)班的跟队老师呢!

吴光妹的好朋友江小红,得知这个消息时正在上班,下午,就特意请了假,还特意雇了辆面包车,从母校出发,朝拉练队伍回来的方向慢慢开着,去迎接母校的校长、老师和小学弟、小学妹们返程。结果,那车一直开到衢州人文博物馆附近,才找了自己"娘家人"的队伍,她忙从车上冲下来,飞快地朝拉练队伍跑了过去。

那一刻,苏校长正走在拉练队伍的最前方,手里还举着一面红旗。江小红见了校长,二话没说,就把校长手中的旗杆一把抓了过来,高高举在肩上,让那鲜艳的拉练之旗,高高飘在她头顶上,也让她在心里藏了二十多年的一个夙愿,高高飘在了蓝天之中。

哦,望着江小红那欢喜至极又含泪微笑的眼睛,毛芦芦眼睛也湿润了。

亲爱的校长、老师、同事、同学,真的难忘一次次与你们同行的经历啊!

如今,拉练的火种,已被石中人带到了他们工作生活的每一个地方,星星之火已慢慢在全国各地燎原开来。

王炳洋先生把石中拉练的火种,撒满自己的教学生涯中,带到自己每个新工作岗位中。一九九四年,当石中开始第一次拉练的时候,他是学校的副校长,是老苏校长的左膀右臂,直到二〇〇〇年调离石中,他一直是走在拉练队伍最末尾的"殿后大将军"。二〇〇〇年,他调到衢江区莲花初中做校长,在那里前后待了四年,他带领全校师生举行了三次拉练活动。二〇一一年,他调到衢州市特殊教育学校做校长,从当年冬天开始,他已连续带领学校里六年级至高三的所有学生,进行了六次拉练活动。因为这些学生都非常"特殊",非盲即哑,在马路上行走非常不易,所以每次拉练,王校长都要付出无限的心血。有人不明白他到底图的是什么,他说:"只图这样的活动,能在学生的心里留下最美的青春记忆!成为他们一生无畏前行的能力!"

方庆建先生把石中的拉练精神贯彻到工作生活的每一个方面,用拉练精神创造了不俗的业绩。他是石中一九八八届高中部毕业生,虽然他在校期间还没有拉练之事发生,毕业后,他也没特意赶回母校去参加过拉练活动,可他这个苏玉泉校长的嫡亲弟子,每天都在自觉自愿地拉练着。在他担任衢州市行政执法局局长期间,他是有名的"行走局长",无论是工作日还是休息日,他总是行走在衢城的大街小巷,每天平均要走三万多步,随时发现问题随时解决,在老百姓中赢得了极好的口碑,完全改变了人民群众对"城管"的不良看法。如今,他已调任柯城区副书记、区长,在新的岗位上,他继续发扬着石中的拉练精神,不怕苦不怕累,深入基层调查民意,虽才上任,已赢得了一片叫好之声。

而把拉练行动和精神带得最远的校友,恐怕要数远在美国的阮芬女士了,她是石中高中部二○○一届毕业生,如今在美国的 E&E 公司上班。每个周末,阮芬都会带着儿子陈竞驰去拉练。陈竞驰今年才四岁半,还在 Kinder Care 幼儿园读 Pre-K(类似于国内的幼儿园中大班),可他在母亲的影响下,每次已能走六英里左右了(相当于我们的十公里)。

一个四岁多点的孩子,远在美国,却已经具有了百折不回、勇往直前的拉练精神,这对他的一生来说,将会产生多大的影响啊!

"记得当年苏校长总说拉练是为了和日本孩子做一场较量。其实,我的孩子,已超越了很多美国同龄的孩子。当然,我每周带孩子出去拉练,并不是为了刻意培养孩子和外国人竞争的意识,我只是想告诉生活在美国土地上的儿子,我们中国人,本来就是能吃苦、勤劳和充满智慧的人!我们只要不断地去锻炼自己,不断地去战胜自己,不断地去获得自信,那我们自然也会在新时代的竞争中获胜。美国人虽然很喜欢户外活动,可像我们母校石中这样,连续二十三年举行全校性的拉练活动的学校,却是没有的。我为自己的母校骄傲,当然,我也为自己是个中国人而骄傲!"在微信中,聊起拉练的意义,阮芬校友如此说道。

是啊,一个学校,全校师生连续二十四年坚持不懈地进行拉练活动,这在全中国、全世界,恐怕都是绝无仅有的。

我为自己曾任教过四年的这所母校骄傲,更为自己是一个黄皮肤黑眼睛的吃苦耐劳、百折不回、永不言弃的中国人而骄傲!

搁笔之际,我的眼前,又依次闪过了拉练路上那一张张亲切、温暖、坚强的笑脸,依次闪过了那一个个忍痛挪步却坚定前行的身影。

亲爱的石中人啊,我永远难忘曾与你们走过的长路。这样的路,就是筑在我们心上的长城。

用脚，记住我们的青春

毛芦芦

"没有比脚更长的道路，没有比人更高的山峰！"

二〇一八年四月二十一日，有一支由一百七十多人组成的特殊队伍，在衢州市柯城区九华山的山路上奋力攀登着。他们身穿灰蓝色的仿新四军军服，肩扛着五星红旗和各色彩旗，你追我赶，争先恐后，在一个小时之内，就爬完了三千六百多个台阶，胜利抵达了峰顶。最快的人，上山才用了三十八分钟，下山只用了二十分钟，可谓创造了爬山历史上的一个小小的奇迹。

这奇迹，其实源于一个更大的奇迹，那就是石梁中学二十四年一直坚持的拉练活动。

因为这次的爬山活动，也是一次拉练，是由石梁中学一九九八届高中文科毕业生张红忠倾力组织，由石梁中学老校长苏玉泉亲自带队的。但这次的队员，既不是石梁中学的学生，也不是石梁中学的校友，而是衢州市若兮化妆品有限公司的员工。这个公司，由张红忠于二〇一三年注册成立，五年来，一直秉承着石梁中学那不怕艰苦、永不言败的精神，敢闯敢拼，锐意进取，已经由原先的一个网络小作坊，发展壮大成了国内优秀的电子商务企业。

"带自己的员工重走一下当年的拉练之路，这是我自公司开业伊始就有的想法，酝酿了五年，今年终于成行，我很高兴，这也标志着我们公司跃上了一个追求物质精神双丰收的新台阶！"张红忠其实并不擅于言辞，但说起"拉练"一事，他却一下子变得侃侃而谈起来，"我们石中人的青春记忆，是用脚实实在在地走出来的。'这世界上，没有比脚更长的道路，也没有比人更高的山峰。'这两句话出自汪国真的诗集，是当年我的班主任方洪良老师告诉我的，现在，我也如此告诉我的员工，只要坚持不懈地去努力，咬紧牙关去拼搏，就没有闯不过去的难关！"

这，就是距离本书出版日期最近的一次跟石中人有关的拉练活动。

二〇一八年三月二十九日，有一支更特殊的队伍，由两百名衢州市特殊教育学校的聋哑学生和部分肢体残疾的学生组成，行进在柯城区九华乡的青山绿水之间。虽然一至五年级的孩子只步行了两公里，七年级以上的孩子只步行了九公里，但这样的距离，对这些特殊孩子来说，也是了不起的一次远足了。这支队伍的"领头羊"，便是石梁中学曾经的副校长王炳洋。自从一九九四年起，无论他是在石梁中学工作，还是后来离开石梁中学转任衢州市衢江区莲花初中校长、衢州市兴华中学副校长、衢州市技工学校校长和衢州市特殊教育学校校长的岁月里，他每年都会带着学生进行一次拉练活动。他把石中精神，带到了他工作的每一个单位，从而感染了一大批师生……

二〇一七年十二月二十七日，郑晓红校长带着全校师生，再一次踏上了拉练之路。这是石梁中学的第二十四次全校性的拉练活动。

这次活动,照例得到了柯城区教育体育(文化)局的大力支持,得到了石梁老百姓的热心关注,得到了所有家长的默默配合,更得到了全校师生的热烈拥护,为石中的拉练史,谱写了新的篇章!时间再往回追溯。二〇一七年十月二日,一支由三十多个孩子、一百四十多个大人组成的特殊队伍,行进在石梁中学至坎底村的路上,最小的孩子不足半岁,是躺在婴儿车里被妈妈推着走的,其他的孩子,从两岁至十六岁不等,都紧随父母,踏上了拉练之路。虽已入秋,但那天太阳还是很大,路上一片酷热,不过没有一个孩子打退堂鼓,因为有父母言传身教、默默的坚持,孩子们一个个也变成了步履坚定的小勇士。这就是"石梁中学校友拉练团"的第二次拉练活动,人数已经比二〇一六年十月三日的校友拉练活动多了三倍……

这次拉练活动,已经调离石梁中学十多年的教师周旭荣带着女儿来了,已经调离石梁中学二十多年的教师毛芳美带着侄女来了,已经毕业二十多年的学生蒋慧姬带着她的女儿来了,刚毕业的藏族学生见措洛如也来了……

只因为,拉练活动,是一个一代代石中人最念念不忘的共同的青春之梦。

从石梁中学走出去的英语教师姜红升,凭着当年的拉练精神,在宁波创办了红牡丹书画国际交流社,专门免费教外籍人士用国画技巧画红牡丹,学员遍及一百六十八个国家和地区,可谓是把石中精神播撒到了全世界。

从石梁中学初中部毕业的学生孔令首,曾任吴宇森导演的电影《赤壁》的现场副导演,现为"绿色中国"大型活动部主任、"绿色中国行"晚会总导演。他一直没有忘记,自己当初是怎样从拉练活动中一步步发现自我、走出自信、感受自豪的。他说:"我有平足,其实走远路很费劲,可是跟着集体,不仅坚持下来了,还站在路边给同学们唱快板,好不快乐!现在工作了,还经常走路来去,心想:比起当年的拉练,这点路差远了!"是啊,那少年时的拉练之路,为他这一生开启了一扇藐视困顿、迎难而上、坚守自己的大门,所以这个当年贫苦"无伞"的孩子,才跑得格外勇敢、坚毅,取得了一般人不可企及的成功。

而孔令首的同学梅婷,是衢州市电台的著名主持人,她通过电波,不断诉说着石中人的故事,不断传播着石中人的精神,用她美妙的声音与坚定的信念一次次地告诉大家,路就在自己脚下,只要持之以恒地去攀登,你总可以为自己寻找到人生的最美高峰......

石梁中学的人心齐,凝聚力强,在衢州是出了名的。石梁中学的助学微信群"泉水叮咚"有上千人,拉练群也有好几百人。石梁中学的校友,无论散在天涯海角的哪个角落,一谈起"拉练"二字,没有人的眼睛不发亮,没有人的心跳不加速,因为这两个字,就是石中人共同的青春记忆,共通的灵魂密码,共有的精神因子,共享的思想财富。

"为什么石中人会这么亲,就因为我们生命里有同一个话题——拉练,有永远不老的脚步声。我们用脚刻在家乡黄土地上的印记,就是我们青春的不老印记!"当年我在石梁中学工作时的搭档、现任巨化中学副校长的陈桂良,曾如此跟我总结石中拉练的意义。

是啊,作为一个调离石梁中学整整二十二年的老教师,我先后花了三年多时间,去采访一个个拉练活动的亲历者,去搜集整理一次次拉练活动的资料(学校有近二十年的拉练资料都没能很好地存档,这是最大的遗憾),从万千头绪中寻找写作的切入点,花了比创作一般作品数倍的心血完成了这样一部书稿,常常为了寻一张照片,为了核一个人名,为了落实一个地点或时间点,而不惜将自己变成絮絮叨叨的"祥林嫂"。我是为了什么呢?——为了向中国的当代青少年传递这难能可贵的拉练正能量;为了把石梁中学在二十四年间举行了二十六次(包括校友团的活动)拉练活动的创举告诉给更多的读者;为了向世人传递吃苦耐劳、不屈不挠、团结协作、激情向前的石中精神。同时,也是为了纪念我自己的青春,因为我也曾经一次次地用脚,在浙西的黄土地上谱下了我的青春之歌。

至今,我已出版作品六十多部,在我的所有作品中,这本书其实是写得最不容易的。二十四年的活动,所涉及的人和事太多太多,我亲身参与的拉练次数也多,题材太熟悉了,在开始创作之前,我本以为写它是手到擒来的一件事,而等到真正要动笔,才知道我根本不知道该从哪个点写起。直到二〇一五年,我在拉练者队伍中看到行动不如一般孩子灵便却坚持独立行走的杜锦瑜同学,我才心中一亮,觉得找到了我需要的"典型"。恰好那一年,有一大批已经调离石梁中学多年的"老教师"郑友民、周旭荣、杨建宏、华雪田、童延宏、丁利明、方银良、郑云龙等人也回去参加拉练,还有遗憾自己在中学时代没参加过拉练的老校友吴光妹、江小红也回母校去"长征"了,更令我感动的是,有个跟石梁中学完全不搭界的"局外人"——衢州二中的语文名师汪啸波,仅仅因为佩服石中人的拉练精神,也"混进"了我们的拉练队伍! 那年拉练当天,还是我母亲去世"头七"的日子,我在整整一个星期根本不能正常思考、正常休息的情况下,戴着黑袖套,从母亲的头七祭现场

"逃"了出来，像个游魂似的，在半路赶上了石中的拉练队伍，结果，我被孩子们的青春活力救活了……就这样，由于这种种的机缘巧合，我决定把写作重点放在这一年。

尽管我尽力了，但我知道，这书中提到的人和事，只是石梁中学二十四年拉练史上的冰山一角。所以，我要向那些我没有写到过的校友们、老师们道歉。我知道，其实你们的故事可能比我所了解到的更精彩，但因为资料短缺、篇幅所限，更因为文中内容的时间节点不同，我没能把你们的故事放入书中，真的对不起！

说了对不起，再说感谢！第一个感谢的人，当然是苏玉泉校长，没有他，当然就没有这二十四年的拉练壮举，就彻底没有了我的这本书！第二个要感谢的人，是郑晓红校长，二○一五年苏校长退居二线后，感谢他接过了拉练之旗，进一步弘扬了石中的拉练精神！第三个要感谢的人，是因车祸不幸去世的闻银泉老师，他生前组织评选的关于拉练活动的征文和留下的部分摄影资料，都给我的写作提供了有力的素材！第四个要感谢的人，是石梁中学的办公室主任郑望春老师，他是我在写作过程中麻烦得最多的人，遇到有吃不准的地方，我第一个问的常常就是他。他差不多就是我这本书的一座活的资料库！现有的一些老照片，也基本上是他在做团委工作时保存下来的。第五个要感谢的，就不是单个的人，而是一大群人了，郑友民、周旭荣、杨建宏、裴延良、严永宏、华雪田、方银良、余逸卿、余美珍、邓红梅……我的那帮老同事、好兄弟、好姐妹，都在背后大力地支持了我！石梁中学现在的校领导和老师黄孝忠、徐国祥、聂天敏、吴全胜、林清、郑建辉、余建、徐明祥、曾玉婷、郑蓉、周绍辉、严富根、郑锡丰等人，都给了我不少的帮助！还有那些学生辈的校友，像杨小花、杨骏、曾建芳、徐淑琴等人，因为组织助学群、校友拉练团，而进一步丰富了我这本书的内容……

当然，我更要感谢石梁那方青春的热土，石梁中学那方青春的校园，感谢当年初一（2）班我那些最可爱的学生，感谢一次次跟我一起跋山涉水拉练的所有同事和学生！虽然我只在石梁中学当过四年老师，但她，却是我心上永远依恋的母校！

而这本书，要是没有平静女士的约稿，我不知要拖到猴年马月才会去写它、完成它。二〇〇一年，我写的有关石梁中学拉练题材的短篇小说《难忘与你们同行》有幸获得了冰心儿童文学新作奖，她当时是获奖作品集的责任编辑，对这篇作品提出了非常中肯的建议和评价。二〇〇六年，她策划出版"冰心儿童文学新作奖获奖作者丛书"时，将它收进了我人生的第一本书——中短篇小说集《芦花小旗》。二〇一四年底的某一天，她又向我约稿，说持续二十多年的拉练活动，非常有意义，可以就这个题材，创作一部同名的长篇纪实作品，以更厚实的艺术形式完整呈现这一壮举的历史传承。为此，她又提供了很多建议和鼓励，也付出了足够的耐心。因为感动于她对我的创作十多年的关注支持，以及对石梁中学拉练这个题材宏观深远的观照把握，我下定决心，重回执教过的母校，走访校长、老师、同学，进行了大量的调研，并克服了各种困难，参加了最近四年大大小小的所有拉练活动，收集了丰富鲜活的素材。然后，在电脑上敲下了一个字、一个字又一个字……

就这样，我用我的手，更用我的心，在键盘上，把母校石梁中学二十四年的二十六次拉练活动，重走了一遍！

我在用心回望母校这二十四年的拉练历程、用手重"走"母校这绵长又坚韧的二十六次拉练之路的同时，这部作品，也得到了柯城区教育体育（文化）局、衢州市作家协会、浙江省作家协会和中国作家协会的高度重视，得到了我所在单位衢州市文化馆和上级主管部门衢州市文广局、衢州市委宣传部的大力支持，最终入选中国作家协会二〇一六年度的定点深入生活项目。这大大鼓舞了我的创作信心，也为我的采访和创作进一步打开了方便之门，争取了最宝贵的时间！所以，在此，我也要向我的这些坚强后盾致以最深的谢意！

　　最后，我要感谢这本书的每一个读者！你们的阅读与感动，将是这本书的最高礼赞！

难忘与你们同行

① 1995 年 郑友民老师和学生在拉练途中

② 1995 年 裴延良老师和高一（3）班的孩子们在一起

③ 1995 年 老教师龚士逞做随队医生

④ 1994 年 毛芦芦和初一（2）班 51 个孩子从九华山上下来，胜利合影

① 1996 年 拉练队伍中的叶德良老师和高二学生

② 1996 年 万绿丛中的女旗手

③ 1996 年 建设中的石梁中学

④ 1997 年 急行军

⑤ 1997 年 陶雪杉老师在拉练途中冲后面的孩子们挥手

① 1997 年 拉练途中，王炳洋副校长和孩子们在一起

② 1997 年 微笑着出发

③ 1998 年 冲胜利挥手

④ 1999 年 坚强的少年最帅

① 青春如花
② 彩旗招展
③ 中途休憩
④ 登上峰顶

① 2002 年 拉练途中的杨建宏老师，他右侧为叶雪祥老师
② 2002 年 拉练途中请苏玉泉校长"吃个小灶"
③ 2003 年 拉练途中的傅建宏老师
④ 2004 年 拉练途中，那时苏玉泉校长还年轻

① 2004 年 为祖国富强而努力

② 2005 年 拉练途中许建明老师和孩子们在一起

③ 2008 年 黄红芳老师和孩子们在一起

④ 2008 年 归家队伍

① 2009 年 红旗召唤着青春去飞翔

② 2011 年 风雨锻炼着我们坚定的脚步

③ 2011 年 凄风冷雨催开了最璀璨的胜利笑容

④ 拉练送给我们一双放飞青春的翅膀

① 2015 年 昔日老师回母校拉练（从左到右分别是衢州二中教师丁利明、石梁中学教师孙莉红、前来为石梁中学拉练呐喊助威的衢州二中教师汪啸波、衢州二中教师方银良、石梁中学教师裴根香）

② 2015 年 整整二十一年过去了，家乡变美了，石梁中学拉练的旗帜更鲜艳了

③ 2015 年 分得清哪些是老师哪些是学生吗

④ 2015 年 戴孝的毛芦芦和回母校重走拉练路的校友吴光妹等人一起（从左到右分别是苏玉泉校长、毛芦芦、吴光妹和余美珍老师）

① 2015 年 吴全胜老师和苏玉泉校长并肩前行

② 2016 年 拉练是一代代石中人最难忘的青春记忆。2016 年 10 月 3 日，石梁中学的校友们首次成立了"校友拉练团"，不仅自己回母校重走拉练路，而且还带来了孩子。（前排中为毛芦芦女儿汪芦川；左为毛芦芦当年的学生郑月华，右为毛芦芦当年的学生蒋慧姬，她俩都是 1994 年第一次拉练队伍中的小勇士）

③ 2016 年 每一年拉练，都少不了保卫老师们的身影（从左到右分别是郑凌仙老师、刘水才老师和占家明老师）

④ 2016 年 丁杰勋老师在拉练途中当了孩子们的拖拉机头

① 2016 年 初一 (2) 班学生姜艳洋感冒发烧仍坚持拉练，她母亲中途赶来为她送药

② 2016 年 并肩前行，手拉手，凝成最美的友谊之绳（从左到右分别是七（3）班的周伟杰、郑磊豪、江俊杰）

③ 2016 年 由傅光晟、张燕森、方庆伟、谢超群等四位同学组成的快板小分队，沿途不断为全校师生鼓劲

④ 2017 年 已调往衢州二中任教多年的周旭荣老师回母校组织校友拉练团，并亲自为小朋友做指导

① 二十四年拉练，两任校长
（右：苏玉泉，左：郑晓红）

② 2016 年 毛芦芦和初一（3）班的孩子们在一起

③ 2017 年 拉练途中，团结、活泼又本真的教师风采（从左到右分别是石梁中学副书记黄孝忠、科学老师袁忠勇、语文老师林清）

④ 2017 年 本书作者毛芦芦和本书主人公之一的杜锦瑜在一起

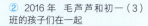

① 2017年 拉练途中余建老师和孩子们在一起

② 2017年 郑晓红校长一马当先，带领孩子们再一次踏上拉练之路

③ 2017年 女教师风采（中为王小芳老师，右为廖莹婷老师）

④ 2016年8月9日 毛芦芦在石梁中学定点深入生活期间，采访石梁中学老校长苏玉泉（中）和石梁中学工会主席蓝松土（右）

图书在版编目（CIP）数据

难忘与你们同行 / 毛芦芦著. — 杭州：浙江大学
出版社，2018.9（2018.10重印）
　　ISBN 978-7-308-18309-3

　　Ⅰ. ①难… Ⅱ. ①毛… Ⅲ. ①纪实文学—中国—当
代 Ⅳ. ①I25

中国版本图书馆CIP数据核字(2018)第117614号

难忘与你们同行

毛芦芦　著

选题策划	平　静	
责任编辑	平　静	
责任校对	赵　伟	
装帧设计	鹿鸣文化	
出版发行	浙江大学出版社	
	（杭州市天目山路148号　邮政编码310007）	
	（网址：http://www.zjupress.com）	
排　　版	杭州兴邦电子印务有限公司	
印　　刷	浙江海虹彩色印务有限公司	
开　　本	710mm×960mm　1/16	
印　　张	14.25	
插　　页	8	
字　　数	160千	
版 印 次	2018年9月第1版　2018年10月第2次印刷	
书　　号	ISBN 978-7-308-18309-3	
定　　价	40.00元	